I0656001

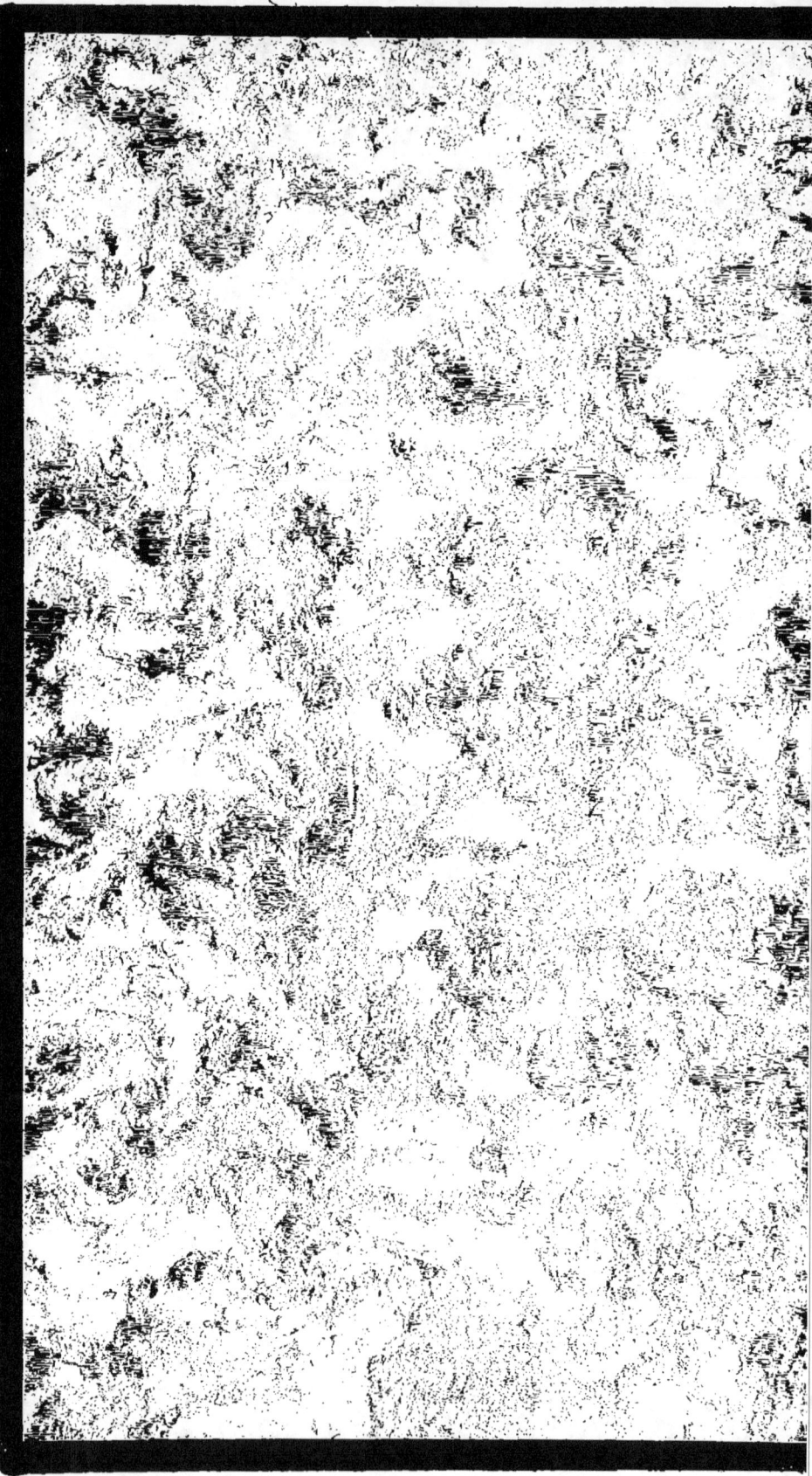

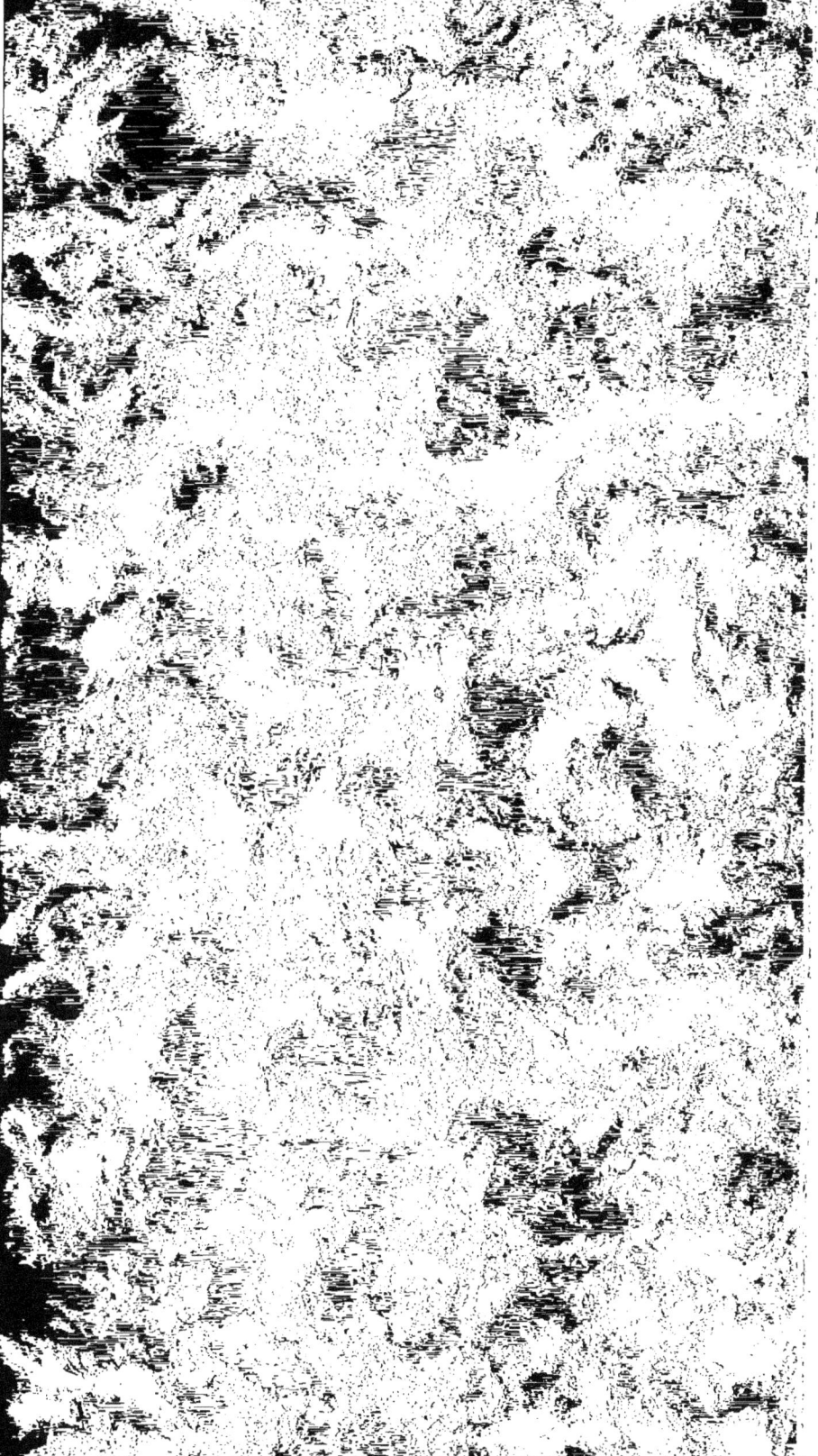

LES
TROIS PIRATES

PAR

ÉDOUARD CORBIÈRE,

AUTEUR DE :

LE NÉGRIER. — LE BANIAN. — LES ASPIRANS, ETC.

I

PARIS.

WERDET, LIBRAIRE-ÉDITEUR,

49, RUE DE SEINE-SAINT-GERMAIN.

1838

LES

TROIS PIRATES.

Paris. — Imprimerie de P. Baudouin,
2, rue Mignon.

LES
TROIS PIRATES

PAR

ÉDOUARD CORBIÈRE,

AUTEUR DE :

LE NÉGRIER. — LE BANIAN. — LES ASPIRANS , ETC.

PARIS.

WERDET, LIBRAIRE-ÉDITEUR,
49, RUE DE SEINE-SAINT-GERMAIN.
—
1838

AVERTISSEMENT DE L'AUTEUR.

En composant ce nouvel ouvrage, j'ai voulu mettre en présence et en opposition trois hommes agissant avec la plus entière liberté, sous l'influence de causes diverses, pour arriver au même but ou plutôt au même crime. L'un de mes personnages est un jeune officier de marine, dont l'éducation a été gâtée; l'autre un matelot privé d'éducation et n'obéissant qu'aux instincts de sa nature grossière; le troisième, enfin, est un séminariste chez qui l'éducation n'a servi qu'à fortifier les plus funestes penchans. Le premier s'égare faute de guide, le second faute de frein et d'intelligence, le dernier ne s'égare pas, tant s'en faut; il marche au mal par calcul, et en pesant froidement le bien personnel qui pourra résulter pour lui, mais pour lui seul, du mal qu'il fera aux autres. On doit plaindre l'officier, on peut mépriser le matelot, mais à coup sûr, après avoir lu l'ouvrage, il sera impossible de ne pas détester le séminariste.

Du rapprochement de ces trois individualités, et de leur manière différente de penser et de se conduire, naît tout l'intérêt philosophique que j'ai cherché à répandre sur mon livre. Les événemens que

j'ai retracés, ne doivent contribuer qu'au
développement des caractères de mes personnages, et ces événemens n'arrivent sur
le premier plan que pour donner de la
saillie aux figures les plus importantes de
mon petit tableau. Ce n'est pas de l'histoire, enfin, que j'ai voulu écrire en laissant tomber sur des faits avérés, quelques
lambeaux de fictions. C'est plutôt une idée
morale que je me suis efforcé d'élever sur
le fond d'un assez grand nombre d'aventures plus ou moins connues. La vérité des
incidens, et la nature même des moyens
que l'on emploie, sont peu de chose en pareille matière : ce qu'il m'importait d'atteindre, c'était le but. L'ai-je atteint ? c'est
la question.

J'aurais fort bien pu, et je le sais, pour
exécuter le plan que j'avais conçu, lancer
d'un seul jet d'imagination, tous mes per-

sonnages dans le tourbillon de la société,
au lieu de les envoyer sur mer, chercher
isolément les destinées qu'il m'a plu de leur
réserver, si loin de tous les usages reçus
dans le beau monde littéraire. Mais en
adoptant ce parti que la critique n'aurait
pas manqué de me conseiller, si j'avais
d'avance consulté la critique, il m'aurait
fallu renoncer à un avantage dont j'ai depuis long-temps appris à mesurer toute
l'étendue. La terre, me suis-je dit, commence à être bien usée et à se faire bien
vieille, pour le roman tel qu'on le fait depuis trois siècles en France. A terre, d'ailleurs, des hommes comme ceux que je suis
habitué à mettre en relief, ne pourraient
guère se mouvoir sans rencontrer à chaque pas, des lois qui les arrêteraient, ou
un joug sous lequel se briserait ou s'effa-
cerait la fougue de leurs passions ou

l'empreinte de leur mâle caractère. Mais à la mer, où les plus mauvais penchans, libres comme les flots qui les emportent, peuvent se développer en toute sécurité et avec toute impunité, l'imagination du romancier se sent plus à l'aise; et si elle ne grandit pas toujours assez pour remplir l'espace immense qu'elle s'est ouvert devant elle, du moins peut-elle espérer de trouver là d'autres objets et d'autres aventures que des mœurs de convention et des intrigues de boudoir. La nouveauté, même la plus vulgaire, n'est pas chose tellement commune en littérature, qu'on doive dédaigner de la chercher là où il est encore possible peut-être de la rencontrer.

LE CAFÉ DE LA POINTE.

LE CAFÉ DE LA POINTE.

A l'endroit où s'élève aujourd'hui, un peu au-dessus des eaux de la rade de la Pointe à Pitre, l'angle du quai sur lequel est bâti le vaste *café Américain*, il existait, il y a dix-huit ou vingt ans déjà, une espèce de grande buvette que fréquentaient assiduement tous les anciens corsaires et les marins désœuvrés de la colonie. Un vieux

petit billard râpé, dont le tapis avait dû être
vert, du temps où florissaient Magloire Pélage
et le général Richepanse (¹), occupait, sur ses
six pieds à peu près égaux, une bonne moitié de
la salle basse du logis. Autour de ce billard
demi-séculaire, gravitaient comme les satellites
d'un astre glorieux, quatre à cinq tables en
courbari, destinées à recevoir les verres, les
cartes, et aussi les dés ronflans des habitués sé-
dentaires; car c'était le plus souvent aux dés que
ces messieurs s'amusaient à jouer la consommation de la journée ou le montant de la dépense,
dont la maîtresse de l'établissement avait depuis
plusieurs mois débité leur compte particulier.

Cette autre belle limonadière de cet autre café
du Bosquet, transplanté aux Antilles, était une
grosse et grande fille de couleur, aussi humaine
pour toutes ses pratiques, que toutes ses pratiques paraissaient être tendres pour elle. Assez
peu soucieuse du soin de sa fortune, mais très
portée à s'accommoder philosophiquement du

métier qu'elle ne faisait guère que par noncha-
lance, elle se serait volontiers contentée de ne
rien gagner sur sa clientelle, pourvu que ses
cliens eussent trouvé le secret de la réjouir tout
le long du jour et une bonne partie de la nuit.
Peu lui importait que la consommation dont elle
faisait les avances ne fût que peu ou point payée.
Ce qu'il fallait avant tout à mamzelle Zirou (²),
c'était du mouvement, de la confusion, et de
temps à autre même, quelque peu de scandale.
Avec de tels goûts, et avec les chalands que sa
facile humeur lui avait assurés, on conçoit que
la vogue ne devait guère lui être moins fidèle
que chacun de ses adorateurs. Aussi, fallait-il
voir avec le souffle ravivant de la brise du soir,
arriver en grondant, le flot de marins qui allait
s'engouffrer dans le fond de ce port de relâche
ouvert à l'ennui et au désœuvrement de toute
la journée! Le phénomène des marées n'offre
guère sur nos plages d'Europe, de spectacle plus
curieux que celui que présentaient le flux et le

reflux de toutes les pratiques de mamzelle Zirou, envahissant et vidant à chaque minute
cette salle de douce et joyeuse compagnie. Trois
ou quatre petits esclaves décorés du nom tradi-
tionnel de garçons de l'établissement, suffisaient
à peine alors au service ordinaire du *café de la
Pointe*, car c'était là le nom que les plaisans du
lieu avaient eu la malignité de donner au noble
cabaret, par allusion d'abord au nom du pays,
ou à la susceptibilité un peu ferrailleuse des
habitués, et peut-être bien aussi, il faut le dire,
par allusion à la prodigieuse quantité de grosses
pointes que l'ivresse et la joie de tous les jours
faisait jaillir en gerbes phosphorescentes, de ce
foyer d'esprit et de liqueurs spiritueuses.

Une nuit que les chaudes pluies et les vents
orageux de l'hyvernage tourmentaient avec une
violence inaccoutumée les persiennes du *Café
de la Pointe*, et que la lueur des coups de tonnerre faisait pâlir à chaque instant les deux
vacillans quinquets, suspendus par deux bouts

de corde au-dessus du billard depuis quelque temps abandonné, trois jeunes marins demeurés après la foule éclipsée, autour d'une table couverte encore de bouteilles vides et de verres félés, s'entretenaient paisiblement entr'eux, au bruit de la rafale, aux coups redoublés de la pluie et au roulement presque continu de la foudre étincelante. — Assis depuis près d'une demi-heure auprès de mamzelle Zirou, sur le canapé qui lui servait de trône, je me disposais à rentrer chez moi malgré la fureur de l'orage, lorsque la maîtresse de la maison que je croyais déjà endormie, me saisit brusquement par le bras pour prévenir mon mouvement de retraite. Écoutez! écoutez, me dit-elle d'une voix étouffée: *Ils arrangent une grande affaire.*

Ces mots d'avertissement prononcés avec la mystérieuse volubilité qui pouvait me donner le mieux l'idée de l'importance que je devais attacher à un pareil appel, me firent comprendre la raison pour laquelle notre limonadière avait fait jusque là si bien semblant de dormir pendant que les trois interlocuteurs, qu'elle écoutait, s'imaginaient n'être entendus de personne. Pour répondre de mon mieux à l'intention que venait de m'exprimer si laconiquement mamzelle Zirou, et, ma foi, au risque d'entrer de moitié dans l'indiscrétion qu'elle avait déjà commise, je feignis de me laisser aller comme elle aux langueurs irrésistibles du sommeil, et j'abandonnai nonchalamment ma tête sur le côté du canapé, opposé à celui que la maîtresse de la maison remplissait déjà de toute l'ampleur de ses robustes charmes.

Mais pour m'acquitter avec une vraisemblance satisfaisante de mon rôle d'endormi, il me fallut, quelque facile qu'il pût paraître d'ailleurs, faire encore plus que n'avait fait jusque là celle que je voulais imiter. De toute la beauté passée de mamzelle Zirou, il n'était resté qu'un œil à la pauvre fille. Moi, pour faire aussi bien qu'elle, je fus donc obligé de fermer les deux yeux dont j'étais encore en possession, et à ça près de cette différence toute matérielle, entre nos rôles respectifs nous commençâmes à jouer fort passablement tous les deux notre petite scène somnolente.

Avec quelque scrupule cependant que je tinsse à pousser jusqu'au bout le mérite de l'imitation, je ne fermai pas tellement mes doubles paupières, que je ne pusse examiner tout à mon aise, la physionomie de trois individus que, jusqu'à ce moment, j'avais fort peu remarqués dans la foule des chalands les plus assidus de la buvette. L'un d'eux était grand, svelte et brun.—C'était celui qui parlait le plus et qui semblait parler le mieux et avec le plus d'autorité.—L'autre portait, sur ses épaules larges et un peu voûtées, une figure commune et riante qu'encadraient admirablement les touffes crêpues d'une chevelure rousse et en apparence négligée depuis fort long-temps. —Le troisième, enfin, me parut avoir un de ces visages et une de ces tournures que l'on ne voit jamais bien du premier coup d'œil, et qui ont

besoin d'être étudiés pour être saisis et définis.
Il n'était, ce troisième individu, ni grand ni
petit, ni brun ni blond, ni gros ni mince, et
il pouvait passer néanmoins pour petit et grand,
gros et maigre, blond et brun tout à la fois.
— Tout ce que je sus alors sur son compte,
c'est qu'il s'appelait ou qu'on l'appelait *José* et
quelquefois *frère José*.

Je dormis fort peu, comme bien vous devez le
penser, quoique j'eusse l'air de dormir très-
profondément, et j'écoutai beaucoup quoique
je fisse semblant de ne rien écouter: — Je crois
même me rappeler aujourd'hui, que je me mis
à ronfler, pour mieux jouer mon rôle et pour
forcer les gens que j'espionnais de compte à
demi, avec mamzelle Zirou, à parler plus
haut afin de mieux nous faire entendre ce qu'ils
auraient sans doute été bien aises de ne confier
à personne.

Le grand jeune homme dont la mine relevée et
l'air d'aisance m'avaient d'abord frappé, quoiqu'il

ne fût vêtu, comme ses deux autres camarades,
que d'une simple veste de drap bleu, disait au
moment où je commençai à fermer les yeux et
à prêter l'oreille à la conversation :

— Vous savez tous les deux aussi bien que
moi, ce qui vient de me tomber à bord et dans
les mains. Le grand-père, que j'étais venu re-
lancer ici dans son habitation, m'a fait la politesse de dépasser le lit du vent, quinze jours
juste après mon arrivée de France dans l'île.
C'était le seul parent qui me restât au monde,
et sa succession est la première marque d'affection que j'aie jamais reçue de lui.

— Le brave et digne homme! s'écria à ces
mots le gros marin aux cheveux roux. Lever *son
grand lof* deux semaines, jour pour jour, après
ta rentrée de congé au pays!... Il n'y a que les
parens des colonies qui soient capables d'un
coup de temps aussi beau! ([5])

Le troisième causeur continua à tenir les yeux
baissés sur le plancher de la salle, sans adresser

un seul mot de condoléance à l'héritier du vieil habitant qui venait de mourir si à propos et si paternellement pour son petit-fils.

« — Le grand jeune homme! reprit en souriant : Quand tu auras fini tes lamentations, maître Bastringue, je rattraperai le fil de mon histoire, que tes interruptions m'ont fait larguer et rabbraquer déjà dix ou douze fois pour le moins. On croirait, Dieu me pardonne, que tu as envie de pleurer mon cher grand-père pour moi. » Je sus alors que mon petit roussâtre avait nom maître Bastringue, et ce sobriquet semblait avoir été tellement bien adapté à sa physionomie, que je l'aurais presque trouvé, je crois, de moi-même, s'il m'avait fallu chercher plus long-temps un nom de guerre à ce gros vilain matelot.

« — En s'exécutant, comme il l'a fait de si bonne grâce, continua le beau garçon, mon utile et vénérable aïeul m'a colloqué, comme de juste et de raison, l'habitation de mes ayeux, qui valait à ce qu'on m'a dit depuis, soixante-douze à quatre-vingt mille gourdes des colonies. Je l'ai *lavée* le lendemain au prix de vingt-quatre mille gourdes rondes, à un bon enfant d'ici, qui se trouvait avoir du comptant sous le pouce.

— C'est bien peu, dit frère José, en relevant et laissant errer sur le plafond enfumé ses petits yeux d'un vert grisâtre, c'est bien peu, mais cependant c'est encore quelque chose que cela.

— C'est bien peu? répliqua vivement maître Bastringue. Mais tu n'entends donc pas qu'il t'a dit vingt-quatre mille gourdes comptant, et que l'argent comptant vaut ici dix mille fois mieux que l'argent à la longue vue? Pour un savant qui a étudié dans les livres de messe et les caté-chismes, tu peux te vanter de connaître joliment mal la partie des colonies.

Le jeune héritier, pour prévenir la réponse peut-être un peu acerbe que José se disposait à faire à la brusque apostrophe de Bastringue, prit ses deux amis par la main, et en les rappro-

chant tous deux de lui, il leur dit à demi-voix
et en scandant chacune de ses paroles :

— A présent que vous savez ce que j'ai ou
plutôt ce que nous avons, que me conseillez-
vous de faire de tout ce bataclan de richesse qui
me pèse déjà sur le dos, comme si j'avais à porter la grande ancre d'un trois-pont, de l'avant à
l'arrière du navire?

— Ce que nous ferons de tes vingt-quatre
mille gourdes! demanda Bastringue, tout ébour-
riffé.

— Oui, ce que nous pourrons en faire de
mieux et de plus profitable pour nous trois?

— Mais, il me semble qu'on pourrait toujours en boire une partie, en attendant mieux.

— Fi donc! s'écria José, en boire une partie!... N'avons-nous pas déjà *assez bu* comme
cela, depuis le temps où nous *bourlinguons* du
matin au soir dans cette île de malheur et de
stérilité! Pour moi, je ne vous le cacherai pas,
je commence à être diablement harassé du va-

g abondage de la vie que nous traînons ici ; c'est de l'industrie et du mouvement qu'il nous faut, à n'importe quel prix : Salvage a cent - vingt mille francs à lui, n'est-il pas vrai ? Eh bien, c'est là un capital qu'il s'agit de placer le plutôt possible à gros intérêts sur quelque bon navire chargé de poudre et de boulets de calibre. La mer est large et longue, la providence est grande, et la providence tient toujours en réserve quelques bonnes occasions pour des *soifeurs d'eau salée* de notre espèce. Tu m'entends.... c'est là mon avis à moi, *qui n'ai étudié que dans les livres de dévotion et qui connais si joliment mal tes colonies.*

— Ah ! te v'la piqué, frère José ! je t'ai lardé sous l'aileron, je le vois bien actuellement, en te parlant de ta connaissance des colonies. Mais, si ton idée n'est pas de boire l'argent du grand-papa à Salvage, eh bien ! on peut le boire et le manger, moitié l'un moitié l'autre. N'est-il pas vrai, mon capitaine ?

Salvage, l'ex-propriétaire d'habitation, dont je venais d'entendre prononcer deux fois le nom, répondit alors à ses camarades divisés sur la question de savoir ce que l'on ferait de son héritage.

— Il ne s'agit pas ici de plaisanter sur un point aussi grave ni de se piquer à un jeu aussi sérieux. Je me range d'abord, sans hésitation, de l'avis de José : *La course* ! Et je suis bien sûr aussi que toi, Bastringue, tu n'as pas d'autre opinion que lui et moi sur le parti qui nous reste à prendre. — Mais, comment ferons-nous la course? Voilà le *hic*.

— Dis plutôt, pendant que tu y es, comment est-ce que nous ferons la *piraterie* ou la *for-bannerie*, car, vois-tu, la course en temps de paix ne vaut pas mieux que ça ! Pas de bégueu-lerie sur les mots entre nous qui savons le fort et le faible de notre état.

— Eh bien soit, répondit Salvage à Bastrin-gue; la piraterie si ça te plait. Mais, comment, encore une fois, nous y prendrons-nous pour faire de la piraterie un peu gentiment? (¹)

— Comment? mais, comme se fait la piraterie depuis qu'il y a des pirates; en prenant tout ce que nous pourrons et en cherchant à ne pas nous faire prendre ou pendre! La chose, ce me semble, n'est pas plus maligne que cela!

— Mais ce n'est pas encore çà, vertudieu! ce que je te demande depuis une heure, frère José. Je veux savoir une fois pour toutes si vous êtes d'avis que nous naviguions ensemble, tous les trois sur le même navire, ou si vous aimez mieux que nous cherchions à mitonner notre affaire, chacun séparément, au moyen d'une triple expédition?

— Tous les trois ensemble, dis-tu? Non pas de ça, Lisette! Pas de très-sainte trinité entre nous, reprit aussitôt Bastringue. Je veux bien naviguer avec toi, Salvage, si ça te va, et te reconnaître en tout pour capitaine, s'il le faut;

mais avec frère José, brosse et sac-à-brosse. Pas moyen pour l'instant. Nous ne serions jamais une minute d'accord l'un avec l'autre à la mer, attendu qu'à terre nous sommes trop bons amis tous les deux pour que notre amitié puisse durer long-temps au large sur le même bord.

— Il a raison, dit alors José avec calme. Nos caractères n'ont pas été faits pour courir paisiblement la même bordée vers le même but. Chacun de nous naviguera pour le compte de sa peau d'abord, et ensuite pour le compte de la société, puisque société il doit y avoir entre nous. Liberté de manœuvre, audace et prudence : voilà mon programme à moi. Trouvez-en un meilleur si vous voulez ou si pouvez. J'en doute.

Salvage. Bien pensé cela, et voilà nos lignes de pêche qui commencent à se débrouiller un peu à force de les remanier. J'ai cent vingt mille francs à moi, vous le savez : et croyez-vous que nous puissions entreprendre quelque chose de grand avec de telles ressources ? Seconde question à résoudre.

FRÈRE JOSÉ. La belle et naïve demande ? Chacun de nous achètera un bateau en payant argent comptant ce qu'il aura à lui, et en faisant des billets pour le reste. Sans connaître à fond les colonies, je crois savoir qu'avec six ou huit mille gourdes en espèces, on peut trouver aisément, ici ou ailleurs, quinze à dix-huit mille bonnes gourdes de crédit. En pareil cas, les fonds présens répondent des fonds à venir et qui ne viennent jamais : ce n'est pas au surplus pour les chiens, ce me semble, que le crédit a été inventé.

BASTRINGUE. La raison qu'il vient de nous pousser là en dehors entre ses babines, n'est pas fausse au moins. Une goëlette ou un joli petit brick, raboté et verlopé pour la bagatelle, ne doit pas coûter plus cher que ce que nous aurons de plomb dans le sac. Une fois l'embarcation trouvée, l'équipage vous tombe à bord,

raide comme grêle , quand il sent , le caniche
qu'il est toujours , qu'il y a quelque chose de
gras à reniffler pour aller du *côté de tantôt.*
Je ne suis qu'un matelot *rahuché* (⁵) il est vrai,
me direz-vous peut-être, et toi , Salvage , tu as
été officier au service , c'est prouvé , mais pour
ce qui est de ce qui se pratique en fait de flibuste à la mer, j'ai le sensible amour-propre de
croire que je suis aussi bon là qu'un autre, pour
un coup et même pour deux. Frère José que
v'là a été séminariste ou aspirant curé de seconde
classe, avant de prendre la carrière de la navigation : d'accord ; mais tel qu'il est , sans être
matelot mariné dans un baril de goudron comme
moi et comme toi, Salvage, je répondrais de son
bon sens à la mer, comme de moi, et plus peut-être
quasiment en considérant que je suis un peu in-
fluencé à *lécher coco*, et que lui n'est porté par
sa seule passion qu'à entreprendre *sans-froidé-
ment* (⁶) du grabuge. Ainsi donc pour t'en finir ,
tu peux être véritablement persuadé, Salvage ,

que nous deux, c'est toi en deux morceaux, et comme qui dirait un grand mât en deux pièces d'assemblage. Je n'ai pas, à moi appartenant, une pièce de six liards fendue en quatre, et j'ai de l'ambition, c'est encore possible. Mais la rafale d'un homme (la pauvreté) et l'ambition, n'empêchent pas le cœur d'être placé à babord (à gauche) chez les bons bigres de mon gabarit, et j'aimerais mieux déralinguer l'Ante-Christ sur le maître-autel de la première cathédrale venue, que de faire tort à un ami de ce qu'il m'aurait prêté pour me soulager dans un coup de cape.

José. Déralinguer l'Ante-Christ sur le maître-autel ! Oh! mon cher ami, que tu connais admirablement bien les colonies!

BASTRINGUE. Oui, José, c'est comme je te le cautionne; déralinguer l'Ante-Christ ou n'importe quoi sur le maître-autel, je ne m'en dédis pas, et il n'y a pas là de quoi à rire, parce que, vois-tu bien, je me fiche autant de l'Ante-Christ que de défunte la patte droite du singe de Ma-

dras (¹). Mais la seule chose que je respecte et
dont je ne me ficherai jamais de la vie, c'est
la confiance d'un ami. Jean Bonhomme qui ne
pense pas comme Bastringue sur le sexe de
l'amitié, ce doux présent des cieux et de la
nature, comme on dit !

SALVAGE. Laissons là tous ces mots détournés
et allons droit au fait. Vous connaissez mes
goûts, et je vous ai exposé ma situation. J'avais
dans la marine militaire un joli grade que j'ai
quitté, et ce qu'on appelle même une belle
perspective dont je n'ai plus voulu. Cette carrière qui pouvait me convenir, quand nous
avions la guerre, a fini par m'ennuyer dès que
nous avons eu la paix. J'étais né pour être corsaire, et je ne veux pas aujourd'hui faire mentir
ma vocation; et ma foi, s'il faut devenir forban,
faute de mieux, eh bien, je deviendrai forban
s'il le faut, en disant au ciel : Eh bien, c'est toi
qui l'as décidé. Voilà ma confession faite.

BASTRINGUE. Forban, et pourquoi pas? n'est-ce

pas un métier tout comme un autre, quand on
a le hasard de pouvoir le faire sans bassesse,
avec honneur, et sans....

José. Et sans se faire capeler *la hart* au gosier,
ou le croc de la chaudière du cook, au-dessous
de la mandibule inférieure.

Bastringue. Tais-toi un peu, José, laisse parler Salvage, matelot! Ce n'est pas du latin qu'il
nous faut; c'est des raisons, et de bonnes encore, si c'est possible, s'entend.

Salvage. Vos petites ressources, à vous, se
sont épuisées; et comme on dit, le balai de la
rafale a passé sur la carlingue de votre cale
vide. Mes ressources, à moi, se sont accrues
dans une proportion inespérée. Je n'ai plus ni
parens à ménager, ni devoir à remplir dans ce
pays où je suis né, et où je ne veux pas mourir,
et que je puis, par conséquent, quitter dès aujourd'hui même, et cela sans regret, sans remords et sans avoir à craindre d'y laisser un
souvenir...

José. Oui, enfin, tu peux quitter la terre na-
tale, en secouant, comme dit l'Évangile, la
poussière de tes sandales sur le seuil de ces
riches inhospitaliers.

Bastringue. Et nous, comme ne le dit peut-
être pas l'Évangile, en décrotant nos savates sur
la porte de tous les bouchons de la colonie.
Partons donc, mes amoureux, appareillons tous
trois chacun de notre bord, et le plutôt ne sera
que le mieux.

Salvage. C'est cela; mais avant de nous séparer, il me reste, vous savez bien, un mot à
vous dire à l'oreille, mes bons camarades. J'ai
vingt-quatre mille gourdes à moi, n'est-ce pas?
c'est par conséquent huit mille gourdes que j'ai
à chacun de vous, par la raison toute simple,
que *vingt-quatre* divisé par *trois*, donne *huit* au
quotient. C'est nous trois qui sommes ce quotient.

Bastringue. Sait-il donc calculer finement, ce
jeune homme là! Ah! v'la ce que c'est aussi que

d'avoir appris les mathématiques et le dessin.
Moi, toute ma vie, comme me le répétait si souvent mon oncle le capitaine Ituralde, avec qui j'ai navigué dans le temps, je ne serai jamais qu'un lofia, quand je vivrais autant que feu *Mathieu-salé* et même plus.

José. Salvage, mon vieux, je ne chercherai pas ici à te payer en beaux complimens, le service positif que tu veux bien nous rendre. J'accepte pour ma part et Bastringue en fera autant que moi, je puis t'en répondre. Ce seul mot doit suffire à ton cœur, et dès aujourd'hui nous pouvons dire tous les trois, grâce à ta succession et à ta générosité : *Conjunctissima est internos et in æternum voluntas*!

Salvage. A merveille, voilà une grande affaire emmanchée, et par le bon bout avec un bel amarrage en latin. Mais que fais-tu donc là, toi, Bastringue? Dieu me confonde, on dirait qu'il pleurniche, notre sensible ami!

Bastringue. Non, ce n'est rien, mes matelots.

Excusez-moi si je fais actuellement un peu d'eau par les hauts. C'est ce coquin de José, qui, avec ses remercîmens en latin, vient de faire suinter la garniture de mon œil de babord. C'est un rien, v'la que j'ai déjà fini.

SALVAGE. Il s'agit bien, ma foi, de s'attendrir ainsi comme des chiffes et pour si peu de chose encore ! C'est de nos conditions qu'il faut maintenant nous occuper. D'abord, il est déjà convenu que chacun de nous naviguera de son bord, ainsi qu'il l'entendra, dans l'intérêt commun de l'entreprise. Mais, combien de temps durera l'association et dans quel lieu et à quelle époque nous reverrons-nous pour régler ensemble nos *artufailles*?

JOSÉ. Mets dans un an ; ce ne sera pas trop peut-être, mais ce devra être assez pour nous donner le temps d'exécuter quelque chose de propre et de bien conçu.

BASTRINGUE. Oui, un an ; ce sera suffisant pour moi et vous, car d'ici ce temps là je vous promets bien d'avoir fait mon beurre ou opéré ma crevaison générale et définitive, tout l'un ou l'autre, pas de milieu !

SALVAGE. Va donc pour un an ! Et en quel endroit nous réunirons-nous à l'expiration de ce terme ? Ici, à la Havane ou à Saint-Thomas !

JOSÉ. Ici, non : la surveillance de l'autorité y est trop active et trop bégueule. A la Havane non plus ; il y a là trop de jaloux et de concurrens pour ceux qui ont réussi à faire leur pelote dans le genre d'affaires embrouillées que nous allons mettre sur le dévidoire. A Saint-Thomas, à la bonne heure, parce que c'est là un pays libre, où la course est défendue, mais où tous les corsaires sont toujours certains d'être bien accueillis quand ils reviennent surtout avec la cale pleine et l'estomac vide. .

BASTRINGUE. A Saint-Thomas soit, dans un an, à partir du moment : c'est dit et conclu, mais à seule fin que je n'avale pas le mot d'ordre que nous venons de nous donner, je vous prierais,

mes matelots, (*) si c'était un effet de votre
bonté, de m'écrire tout ce que vous avez dit
sur un petit morceau de papier blanc, et de me
relire mon devoir jusqu'à ce que je puisse bien
l'arrimer dans la soute la plus *gardière* de ma
gueuse de mémoire.

SALVAGE. Eh vertudieu ! il vient d'avoir là
une bonne idée , le commodore Bastringue !
Pourquoi ne ferions-nous pas entre nous une
façon de petit engagement que nous signerions
tous les trois ?

JOSÉ. Je ne demande pas mieux pour mon
compte. Voyons, Salvage, procure-moi, s'il se
peut, une plume, de l'encre et le premier rebut
de papier que tu pourras trouver. Je vais, si vous
le voulez bien , vous servir de notaire, et vous
allez voir comment je sais dresser au besoin avec
des pattes de mouches au bout de la plume, un acte
authentique selon les formes prescrites par la loi.

BASTRINGUE. Ah ! je me doutais bien , moi,
depuis le temps que nous parlons, que je fini-

rais par avoir une idée ! c'est que voyez-vous je
me suis toujours laissé dire par le capitaine
Ituralde , mon oncle , que « les paroles sont des
femelles et que les écrits sont des mâles. » (ᵉ)
Ecris, José, écris, mon fiston, puisque tu es assez
heureux pour avoir la parole en bouche et l'ortho-
graphe sous la patte.

Salvage quitta alors la table près de laquelle
il était assis pour venir ramasser d'un tour de
main sur le comptoir, l'unique plume, le débris
d'encrier et le seul registre que possédàt l'établissement ; et après avoir arraché un des feuillets
presque blancs du livre de comptabilité de mamzelle Zirou, il remit toutes ces fournitures de
bureau à frère José, en lui disant :

— Voilà, j'espère, tout ce qu'il te faut pour
nous dresser un bel et bon acte d'engagement
en forme, si toutefois tu peux y voir encore assez
avec ces deux mauvais quinquets qui éclairent si
pitoyablement l'habitacle de la turne. Personne,
au reste, ne viendra te déranger dans ton travail

important. Ils ronflent là tous deux sur le canapé, comme deux boulets creux ; par conséquent, ils ont des yeux pour ne pas nous voir, et des oreilles pour ne pas nous entendre. — Écris, verbalise et *notarise* tant que tu pourras. Pendant ce temps, je vais brûler avec le vieux Bastringue, le bout de chiroute, (le bout de cigarre) de l'amitié et de l'estime.

Maître Bastringue, après avoir pris le cigarre que lui présentait le capitaine, n'eut rien de plus pressé que de s'approcher à pas de loup de mamzelle Zirou et de moi, pour nous passer sa lourde main calleuse à deux pouces du visage, afin de s'assurer, au moyen de cette précaution expérimentale, que nous dormions aussi parfaitement que nous avions l'air de le faire. Puis il ajouta en allumant son bout de tabac :

— Oui, ils tappent tous les deux de l'œil, ensemble et séparément!.... C'est une belle femme tout de même que cette demoiselle Zirou.. quand elle dort... Mais comment se nomme donc ce petit jeune homme qui s'est *élongé* là sans façon sur l'empointure du canapé de la bourgeoise?

— Ça? répondit Salvage sans avoir l'air de prêter beaucoup d'attention à la question de son ami, c'est quelque petit *mouton-France* ([10]) nouvellement débarqué pour se faire tondre le poil par la fièvre jaune et élire son dernier domicile au trou-à-patates. ([11]) Bastringue n'ajouta aucune réflexion à ces mots, et il fit bien, car la sinistre prédiction contenue dans la réponse du capitaine, m'avait déjà si fort agité, que si la conversation avait duré plus long-temps sur ce ton, je crois que je n'aurais pu résister une minute de plus à l'envie de me réveiller et d'évacuer le lieu où le jeune pirate venait de tirer si lestement mon horoscope. La bonne mamzelle Zirou, qui ne fermait pas si complètement l'œil, qu'elle ne pût lire sur mon visage le trouble qui venait de s'emparer de tout mon être, étendit doucement sa main vers moi pour serrer la mienne en me disant à demi-voix :

Laissez-les radoter ; ils iront peut-être avant
vous engraisser les tourlouroux du *petit Bor-
deaux.* » ([12])

Frère José, chargé de la rédaction de l'acte
qu'on avait confié à son expérience, écrivait,
biffait, et raturait tant qu'il pouvait. Le tonnerre continuait toujours à gronder, la pluie
à tomber, et les deux quinquets à vaciller sous
l'effort des rafales qui à chaque instant venaient
soulever les persiennes du salon. Le capitaine
Salvage et maître Bastringue se promenaient à
longs pas de chaque côté du billard, mais en
observant le plus grand silence de peur de
troubler, dans son labeur intellectuel, la tête
préoccupée de leur secrétaire. Ennuyé enfin
d'attendre aussi long-temps le chef-d'œuvre de
style authentique qu'élaborait depuis près d'un
quart-d'heure la plume minutieuse du nouvel
homme de loi, l'un des deux promeneurs, et
ce fut, je crois, maître Bastringue, se mit à inter-
peller ainsi frère José :

— Eh bien! l'écrivain, auras-tu bientôt fini de grignotter cette rognure de papier !

— Dans une seconde, tout au plus, répondit le notaire de circonstance; il ne me reste que le mot sacramentel : *ne varietur,* à apposer au bas du contrat.... Mais c'est déjà, tenez, une affaire faite et une formalité remplie selon l'usage consacré. Écoutez bien maintenant; je vais procéder à la lecture de ce projet d'engagement, en appelant votre attention sur chacun des articles qu'il renferme.

« Ce jour trente juillet, l'an de grâce ou de crasse, mil huit cent et tant, en toutes lettres, nous, officiers du commerce, soussignés, nous sommes présentés les uns devant les autres, pour arrêter entre nous une société qui aura pour but :

ARTICLE PREMIER.

« L'exploitation d'une petite industrie mari-
« time que nous ne nommerons pas. »

ARTICLE SECOND.

« Chacun des associés recevra huit mille
« gourdes rondes, pour mener sa barque comme
« il l'entendra dans l'intérêt de la bagatelle.

ARTICLE TROIS.

« Les fonds fournis par le capitaine Salvage,
« lui seront restitués une fois la triple opération
« terminée, en capital et intérêts, sans préjudice
« de sa part des bénéfices qu'ils auront procurés
« à l'aimable société.

ARTICLE QUATRE.

« Chacun des associés actifs s'engagera en
« outre, sauf le cas de force majeure légalement
« constaté, à se rendre dans un an à partir de la
« date de la signature du présent, à l'île St.-Tho-
« mas, pour là, étant, débrouiller ses comptes et
« expliquer sa conduite à ses co-associés ; faute de
« quoi les sociétaires mécontens auront le droit
« de courir les uns sur les autres, jusqu'à ce que
« mort s'ensuive et que justice soit faite.

« Fait simple et de bonne foi en notre seule
« présence, au café de la Pointe, les jour,
« heure et an que dessus.

« Signé, etc. »

— C'est ça, c'est ça! s'écria Bastringue émer-
veillé. Ce canaillon de José vous a de l'esprit
comme un livre imprimé. J'amène mon grand
pavillon sous sa volée.

— C'est bien sans doute, reprit Salvage, mais
ce n'est pas tout. José, fais-moi le plaisir d'ajouter
pour postscriptum, ce que je vais avoir l'honneur de te dicter :

« Quatre parts du butin seront faites au dé-
« compte général. Celui qui sera reconnu pour
« avoir le mieux gouverné sa barque pleine, re-
« cevra à lui seul deux parts de *rabiot* pour sa
« ration de récompense.

« Signé et paraphé comme dessus. »

— Et pourquoi cette clause supplémentaire?
demanda José, en soulevant sa plume à deux

doigts du papier sur lequel il venait de griffonner ce postcriptum.

—Pourquoi me demandes-tu? reprit Salvage, mais pour accorder à notre manière, une croix d'honneur en argent comptant, au plus de talent ou au plus de courage.

—Et peut-être bien au plus de bonheur, observa mélancoliquement José.

—Je ne dis pas non, répliqua aussitôt le capitaine; mais le bonheur, à mes yeux, c'est du talent, quand il s'agit de ramasser de l'argent, plus que d'acquérir de la verroterie de gloire, et de faire de la quincaillerie de sentiment.

— Tonnerre de Dieu! il a raison, lui, Salvage, hurla à son tour Bastringue; au plus chanceux le gros lot, et au plus traînard la pelle au ... vous savez bien où, sans qu'il soit besoin de vous le dire. Tous deux, vous êtes des hommes d'esprit, tandis que mon seul génie, à moi, c'est le bonheur; et il ne serait pas juste que je n'eusse rien à gratter, quand vous auriez tout à ramoner.

Signons donc le *contracte*, avec le *proscrithomme*
comme a dit Salvage, et le *ne avarietur* (¹³) de
l'affaire, comme a dit José. A toi l'honneur,
mon capitaine, en ta qualité d'officier payeur
de la garnison.

Salvage relut l'engagement, prit la plume que
lui présentait poliment Bastringue, et il signa.

Frère José, avant d'apposer son respectable
nom au bas de l'œuvre qui venait de fleurir sous
sa main, plaça quelques points sur les i, ajouta
deux ou trois virgules pour rendre le sens de ses
phrases plus complet, souligna cinq à six mots,
et parapha ensuite le tout.

Vint, après lui, le tour de maître Bastringue,
qui s'écria en sautant sur la plume comme sur
un épissoir : C'est donc à moi à *signaler* mon
nom, à présent! voyons : c'est la seule chose que
je sache faire un peu proprement en fait d'écri-
ture. Coquine de plume ! ça rebrousse sur le papier, comme la pointe d'un vieux soulier sur des
enflèchures de grands haubans.... c'est égal...

voilà mon contingent payé : *Aimable-Alphonse Le Souef, dit Bastringue*... Mais attendez donc un peu, les enfans, il me vient encore une autre idée : Il faut que je mette mon timbre à la suite de mon nom de famille : ce sera mon *ne avarietur*, à moi.

Et disant cela, maître Bastringue vous dégaina de sa ceinture, un large poignard que sa lourde main enfonça sur le papier en traversant du même coup toute l'épaisseur de la table.

En ce moment-là même, le tonnerre qui n'avait pas cessé de gronder au haut des airs, éclate sur la maison ébranlée avec un fracas épouvantable ; une rafale impétueuse soulève et brise en les tordant, les persiennes du café, éteint les deux quinquets du billard ; et à l'explosion des éclairs qui viennent coup sur coup éblouir mes yeux effrayés, j'aperçois les sinistres figures de mes trois pirates, se dessinant immobiles et lumineuses sur le fond des ténèbres de la salle.... La lame étincelante du poignard de maître Bastringue brillait à côté d'eux sur la table qu'ils

entouraient encore dans l'attitude de l'impas-
sibilité la plus absolue.

L'obscurité enveloppa, après cette seconde
de vertige pour moi, les acteurs de cette scène
terrible que je n'oublierai jamais, tant ce coup
de tonnerre, ce coup de poignard et ces trois
infernales figures de forbans, avaient bouleversé
toute mon imagination.

— Il vente dur, dit Salvage, le premier, et
je n'y vois plus goutte. Je crains que nous ne
puissions déraper d'ici demain. En attendant,
allons compter nos doublons chez moi, pour
nous reposer ensuite et nous préparer à *détaler*
avec le jour, si le jour se lève encore une fois
pour nous...

— Oui, comme de fait, ajouta Bastringue, il
vente ce soir la peau du diable, et *Maribarou*
(le tonnerre), fait un boucan à ne plus pouvoir
causer en société. Valsons.

— Et notre engagement signé et paraphé, fit
observer José en souriant, dans quelles mains

sûres et fidèles le déposerons-nous ? Au greffe
du Tribunal de Commerce ou de la Cour Royale?

— Eh vertudieu! s'écria le capitaine, pourquoi pas au greffe ou plutôt dans les *griffes* de
cette grosse mère Zirou qui dort là sur son canapé, comme une paille de bitte ? Attendez, je
vais la réveiller un peu du péché de paresse, pour
en faire la discrète dépositaire de notre contrat.... Eh! mamzelle Zirou, la mère Zirou!
Voyons, debout au quart! Et écoutez bien la con-
signe du commandant pour le reste de la nuit!

La feinte dormeuse, qui jugea probablement
avec sa sagacité ordinaire, que l'instant de se réveiller était venu, répondit au capitaine Salvage
de la voix la plus nonchalante et la plus hypocrite
qu'elle put prendre : Plaît-il, capitaine? Qu'y
a-t-il pour votre service?

—Il y a pour mon service, la belle enfant, que
voilà un petit papier *babillard* que nous confions
à votre discrétion et à votre bonne garde, en le
déposant dans votre chaste sein. C'est quelque

chose de secret dont vous ne parlerez à qui que ce soit, et que personne ne doit aller chercher là, entendez-vous bien, sinon, nous ne rirons plus comme nous le faisions avec vous. — Adieu, embrassons-nous tous les quatre jusqu'au revoir, et *motus* surtout jusqu'à nouvel ordre.

Le capitaine seul embrassa la beauté qu'il croyait avoir arrachée aux langueurs du sommeil le plus profond. Cela fait, les trois amis disparurent dans l'obscurité en cherchant à tâtons et à la lueur éblouissante des éclairs qui semblaient guider leurs pas, la porte du café et le chemin de leur demeure.

Un grognement psalmodique se fit entendre une demi-minute après la sortie de ce trio d'honnêtes forbans. C'était maître Bastringue qui grommelait harmonicusement, les informes couplets d'une complainte burlesque sur l'air : *Jusqu'au revoir la brune* :

> La nuit s'est fait négresse
> Pour mieux tromper l'Amour ;

Mais je ne prends maîtresse,
Qu'avec le point du jour.
Que penserait ma belle,
Si j'accostais le soir,
Un vieux congo femelle
Pour un cotillon noir.

Avec de fort beau linge
Et des souliers mignons,
Je connais plus d'un singe
Qui seraient beaux garçons.
Mais sans souliers ni linge,
Combien de beaux garçons
Feraient de vilains singes
Ou de sales guenons.

Les petits pois sont tendres ;
Mais à cuire ils sont durs
Surtout quand sur la cendre... (14)

Le chant du matelot se perdit bientôt dans le tumulte des élémens, et maître Bastringue jetant au vent les derniers vers de ses couplets, s'éloigna avec l'orage qui continuait à gronder sur sa tête.

La solitude, le silence et les ténèbres régnèrent seuls dans la rue qu'ils venaient d'abandonner.

Quels hommes! dis-je à ma compagne, une fois qu'ils furent loin. Les croyez-vous capables de faire ce qu'ils ont résolu ?

— Eux? me répondit en soupirant mademoi-
selle Zirou, je les crois capables de tout, hors
le bien.

— Quoi, le capitaine Salvage pourrait?...

—Faire comme les autres. Et pourquoi pas?
Ce n'est pas le troupeau sain qui guérit la brebis galeuse : c'est la brebis galeuse, au contraire,
qui empeste le troupeau sain.

— La brebis galeuse! oui, je vous comprends, c'est ce maître Bastringue avec son
vilain poignard.

— Lui! ah bien oui! c'est un gros matelot qui
crie plus fort qu'il n'en fait. Le pire des trois,
c'est celui qu'ils appellent frère José; l'esprit de
l'enfer descendu sur terre dans le corps d'un
mauvais petit prêtre manqué.

— Et ce papier qu'ils ont laissé dans vos
mains, qu'en ferez-vous?

— Mais, je le garderai, tiens! Peste! il ferait beau leur manquer de parole à ces compères
là! Vous n'avez donc pas entendu ce que m'a

dit le capitaine avant de m'embrasser ? Ah! mon
cher petit monsieur, si, comme moi, vous aviez
connu pendant une partie de la dernière guerre,
tous les corsairiers de la colonie, vous sauriez
qu'il ne faut jamais plaisanter avec eux, quand
ils n'ont que l'air de rire.

— Et que vont-ils faire et devenir à présent
ces malheureux?

— Dieu seul le sait ; mais ils me tromperaient
bien s'ils faisaient ou s'ils devenaient quelque
chose de bon.

Notre dialogue nocturne sur le compte des
pirates, s'arrêta là. Mon interlocutrice, en prononçant ces derniers mots, s'était endormie
très sérieusement pour cette fois, en rêvant peut-
être aux trois terribles pratiques qui venaient de
nous quitter.

II

MAMZELLE ZIROU.

MAMZELLE ZIROU.

Long-temps encore après le brusque et mystérieux départ des trois pirates, je continuai à
fréquenter, comme on le pense bien, la curieuse cantine maritime de mamzelle Zirou. Ce
n'était certes pas moi qui, avec le goût d'exploration philosophique que j'annonçais déjà, aurais renoncé à établir mon quartier d'observa-

tion morale dans un lieu où il se faisait d'aussi belles choses, en si peu de temps et avec une si admirable simplicité. Vivre paisiblement au milieu des forbans et des aventuriers, pour étudier leur mâle caractère, saisir au bond les caprices les plus bizarres de leurs gigantesques passions, et participer pour ainsi dire à toutes leurs audacieuses fredaines, par une sorte de complicité intellectuelle, était une position qui s'accordait trop bien avec mes penchans, pour que je ne cherchasse pas à tirer tout le parti possible de la bonne fortune que le hasard était venu m'offrir, en me permettant de vivre au milieu de tant de braves gens. Chaque soirée de station dans le Café de la Pointe me valait au moins une grande page d'excursion dans le domaine des choses métaphysiques, et au bout de deux ou trois mois d'exploration, mon album se trouva tellement enrichi de notes instructives, que la petite bourse qui jusque là avait toujours suffi à mes modestes dépenses de luxe, se trouva tout-à-

fait épuisée. Mes espèces avaient diminué en raison correspondante du progrès de mes études
expérimentales. Combien d'autres, me dis-je,
en secouant ma bourse vide, ont payé plus cher
que moi et sans les avoir acquises, la précieuse
connaissance des hommes et la dure expérience
des choses!

Cette réflexion me consola un peu de la rapide
disparition de mon fonds de réserve. Le sage in-
sensé qui jeta toute sa fortune à l'eau pour s'é-
crier : *je suis libre* ! n'aurait pas mieux pensé
que moi, après avoir agi peut-être plus follement encore.

Mais si, d'une part, j'avais à me féliciter des
sujets d'étude et de distraction que j'avais ren-
contrés dans la demeure hospitalière de mamzelle
Zirou, il s'en fallait de beaucoup que de l'autre
côté j'eusse à me réjouir également de la disposition d'esprit que depuis quelque temps j'avais eu
lieu de remarquer chez la maîtresse du logis. Cette
gaîté insouciante, cet abandon naïf qui aupara-

vant faisaient les délices des pratiques de la pauvre fille, s'étaient tout-à-coup évanouis pour faire
place à une mélancolie dont je cherchai seul à
deviner la cause et à pénétrer le mystère. J'avais
cru m'apercevoir qu'à mesure que l'embon-
point déjà assez satisfaisant de notre hôtesse, ac-
quérait de l'épanouissement, sa santé, jusque là
si florissante, semblait s'altérer en rapport in-
verse de la rondeur progressive de sa corpu-
lence. Bientôt il ne me fut plus permis d'ignorer
le mal que cette bonne fille avait réussi à me cacher si obstinément pendant trois ou quatre
mois de tortures, de larmes secrètes et de remords étouffés. Mamzelle Zirou n'avait pu en-
trevoir sans honte et sans effroi, le moment iné-
vitable où, pour la première fois de sa vie, elle
devait devenir mère. Si cette terreur d'une fécondité trop certaine n'avait pris sa source que
dans l'appréhension assez naturelle d'une ma-
ternité un peu tardive, le mal, certes, n'aurait
pas été incurable; mais, c'était dans l'incerti-

tude plus cruelle de la paternité, que l'exagéra-
tion de ce scrupule avait été placer la cause de
son désespoir, et le mal dès-lors était devenu
sans remède. Voyez le malheur, me répétait-
elle, après que l'explosion du scandale eut
révélé à tous les yeux le secret de ses longues
douleurs, j'ai passé ici les dernières années de la
guerre sans accident, au milieu de tous les corsaires et de tous les officiers de marine de la colonie : eh bien, c'est lorsque j'avais déjà atteint
tranquillement ma vingt-neuvième année et que
nous sommes en pleine paix, que la fatalité a
voulu que je devinsse la plus infortunée des
femmes. Et encore, si, dans mon malheur, je
pouvais mettre la main sur celui qui m'a joué ce
vilain tour, je crois que cette conviction me con-
solerait un peu de l'événement affreux que toute
ma prudence n'a pu m'éviter; mais, c'est l'incertitude où je suis qui me tue, et je doute par la
raison toute simple que j'ai trop de monde à
accuser d'un tort pour lequel il ne peut y avoir

qu'un seul coupable. Je peux bien, me direz-vous, peut-être, accuser toutes mes pratiques en général; mais, chacune d'elles n'est-elle pas en droit de se débarrasser de sa responsabilité personnelle, en rejetant la faute sur le grand nombre? Ah ! voilà ce qui me désespère et ce qui finira par me conduire au tombeau.

Un OEdipe, en effet, aurait pu à peine deviner le mot de cette énigme ; car c'était le mot impossible d'une énigme indéchiffrable, que cherchait la pauvre femme , et c'était de ce mot introuvable qu'elle devait mourir.

— Mais, lui demandais-je souvent pour répondre par la sollicitude de mes questions à l'intimité de ses confidences douloureuses, vos soupçons ne planeraient-ils pas plus particulièrement sur quelques-uns de vos habitués que sur d'autres, et la conscience de votre état ne révèle-t-elle pas à votre pensée le nom du vrai, du seul coupable ?

— Hélas ! répliquait-elle avec le touchant

abandon de son cœur candide ; ceux que je pourrais soupçonner avec le plus de vraisemblance, sont tous absens. Les pratiques de mon établissement partent si vite et se renouvellent si souvent ! Les hommes s'envolent en riant des fautes qu'ils nous ont fait commettre; les femmes restent pour pleurer ces fautes et quelquefois pour en mourir...

Telles étaient les plaintes déchirantes qu'exhalait le marasme maternel de la bonne créole, dans le doux idiôme qui lui était naturel, et dont j'aurais vainement cherché à reproduire ici l'ingénuité et la grâce touchante. Les pressentimens sinistres que lui avaient inspirés les douleurs de sa fécondité prochaine, ne devaient que trop tôt se réaliser. Tout le monde l'aimait et la plaignait, même les médisans qu'elle redoutait le plus ; et les consolations ne lui manquaient pas. Mais, me répétait-elle encore en versant des larmes amères sur le sort que lui préparait un avenir si près d'elle, je trouve cent personnes qui m'encouragent à avoir de la résignation et de la force d'âme, et je ne rencontre pas un seul de mes amis qui veuille être le père de mon enfant !

Malgré la témérité et l'excessive complaisance qu'il m'aurait fallu pour offrir à la malheureuse, la grande consolation qu'elle avait si vainement cherchée dans le cercle de ses plus chères connaissances, je sentais, en l'entendant gémir sur l'abandon cruel qu'elle éprouvait, que je me serais volontiers sacrifié pour réparer l'oubli ou le tort de l'amant dénaturé qu'elle aurait tant désiré connaître. Mais, me faisait-elle observer encore et toujours avec raison, vous êtes si jeune ! Personne ne voudra vous croire, et il deviendrait ridicule de vous accuser, aux yeux du public, d'un tort que malheureusement vous n'avez pu avoir envers moi. Mais, mille fois merci de votre généreux et inutile dévoument ! La destinée est inexorable, et elle s'accomplira malgré vous et moi qui sommes si faibles pour arrêter ses coups. — Mon sort est de périr en donnant le jour à l'être qui maudira le sein qu'il aura déchiré. — Ah qu'ils sont encore heureux les enfans qui peuvent maudire le nom d'un père ! ceux-là, du moins, ont un nom et un...

Elle ne put achever !

La veille du jour où elle mit au monde l'enfant qui devait lui coûter la vie, elle me fit venir près du lit de ses dernières douleurs. Il me reste encore un devoir à remplir, me dit-elle d'une voix suffoquée : le soleil va bientôt disparaître, et je sens qu'aujourd'hui je m'éteindrai avec lui... et pour toujours... Voici l'engagement que signèrent certain soir devant nous, les trois pratiques qui se promirent alors de se retrouver dans un an à Saint-Thomas. Ils reviendront eux, malgré les dangers qu'ils ont été courir sur les mers. Et moi.. moi !... je vous remets ce papier.. Vous le garderez, n'est-ce pas, comme je l'ai gardé jusqu'ici... adieu ! Mon enfant demande

à vivre aujourd'hui, dans une heure peut-être,
à l'instant même. — Adieu, adieu! il vient!
Adieu!... pour toujours...

Le médecin entre tout effaré, l'habit ôté, les
manches retroussées; il se disait sûr de son affaire.
Les cris perçans de la victime se firent entendre
comme des cris de mort à mes oreilles bourdon-
nantes, long-temps encore après que j'eus
abandonné le lieu du supplice de la pauvre
femme... Toute la nuit je priai pour la vie et
pour l'âme de la malheureuse mère!

Le lendemain matin en entrant presque avec
le jour dans le *Café de la Pointe*, sans oser
demander des nouvelles de la bourgeoise, j'entendis un des habitués les plus assidus de la
maison, crier à l'un des petits nègres qui venait
d'ouvrir les auvens du rez-de-chaussée:

— Eh bien, sale Mauricaud, comment va ta
maîtresse?

— Maîtresse nous, captène, li mouri nit

dernièr. Mais p'tit hiche (le petit enfant) elle, lui pas mouri : lui bien vife !

— Ah ! elle est morte ? Tiens !.. t̶ ●pis pour elle la pauvre grosse mère... Donne-moi tout de même un verre de bitter (¹). Ce n'est pas l'embarras, elle souffrait tant en ce monde... qu'autant vaut-il qu'elle soit filée de l'autre bord de sa bouée. — Et à quand l'enterrement?

— Prêtes là et moushé grosse curé, li disent ça enterrement pour quatre hères (*quatre heures.*)

— Sitôt?... Ah c'est vrai : les trépassés pourrissent si vite dans l'hivernage !... Mais vous autres tas de mal lessivés vous vous fichez de ça; vous n'aurez pas besoin de vous mettre en noir pour la cérémonie : vous avez déjà le museau et les pattes en deuil... Ah ah ah !.. voyons donc ce verre de bitter arrivera-t-il bientôt à l'ordre ?...

La sensation produite au Café de la Pointe par la perte de celle qui l'avait si long-temps embelli de ses grâces, n'alla guère plus loin. — Toutes

les pratiques fumaient en conduisant au champ
de l'éternel repos la dépouille mortelle de leur
ancienne et bonne hôtesse. Un seul homme
pleurait : c'était un vieux nègre qui, depuis
plusieurs années, ne vivait plus que des aumônes
de la défunte, et le vieux nègre peut-être se
pleurait-il lui-même !

Étrange femme qui vécut avec l'habitude de
ne rien refuser à toutes ses pratiques, et qui
mourut de l'idée de ne pas trouver un père pour
son enfant !

La honte serait-elle quelquefois plus terrible
à supporter que la conscience d'une faute ?

Et si le remords n'était que la crainte de la
honte ?

III

SAINT-THOMAS.

SAINT-THOMAS.

Moins d'un an s'était écoulé depuis la mort de mamzelle Zirou, et malgré la date encore assez récente de cet évènement, je n'aurais peut-être guère songé à l'obligation qu'il m'avait imposée, sans une circonstance qui vint m'engager à chercher un prétexte honnête de m'éloigner momentanément de la Guadeloupe. La fièvre jaune

avait paru dans la colonie, traînant après elle ce
funeste cortége d'angoisses et de frayeurs, plus
hideux cent fois que la mort même qui les précède. L'effroi était sur toutes les figures européennes, le mal dans toutes les imaginations, et
le deuil dans toutes les maisons que remplissaient
les gémissemens des mourans et les lamentations
d'une population, consternée. En rade les navires
sans équipages, avaient appliqué leurs basses
vergues sur leurs ponts déserts et desséchés aux
rayons d'un soleil torréfiant. A terre, les rues
abandonnées, ne retentissaient plus que du pas
sinistre des nègres sans cesse occupés à engouffrer dans les cimetières les plus voisins, les restes
des victimes que frappaient les coups infatigables
du fléau. L'air que l'on respirait s'était corrompu;
les nuages brûlans que cet air immobile avait
emprisonnés dans cette atmosphère de miasmes
fétides, s'étaient arrêtés sur la ville de la Pointe,
comme sur un immense cadavre que le monstre
voulait pétrifier avant de le dévorer. Plus de

travail sur le port inanimé, plus de fêtes dans les
domaines de l'opulence. Les habitans mêmes
que leur droit d'acclimatement mettait à l'abri
des atteintes de cet immense reptile que l'on
nomme la contagion, auraient cru devenir sacri-
léges s'ils s'étaient permis un plaisir, la plus innocente jouissance au milieu du deuil général que
leur imposait l'agonie de leurs amis, le trépas de
leurs compatriotes. La mort n'était que pour les
Européens, mais le désespoir était pour tout le
monde, même pour ceux que la fureur de l'épidémie était forcée de respecter. A voir la Pointe-à-
Pitre dans ce moment d'anxiété et de consterna-
tion, on eût dit une ville expirante, exhalant son
dernier soupir dans l'air pestilentiel d'une autre Thébaïde.

Par un de ces caprices que le lugubre Protée
de la fièvre jaune laisse encore ignorer comme
une homicide énigme, aux impuissantes recherches de la science, on vit les îles placées à quelque distance sous le vent de la Guadeloupe,

préservées du fléau qui désolait cette lamentable
colonie. La certitude d'échapper par la fuite au
danger que j'aurais couru en restant dans les
lieux livrés aux ravages de l'épidémie , vint me
rappeler fort à propos l'époque à laquelle les
trois pirates s'étaient donné rendez-vous à Saint-
Thomas. Il ne m'en fallut pas davantage alors,
pour trouver à mes propres yeux un motif
suffisant d'entreprendre ce qu'on appelait *un
voyage de santé sous le vent*. Je prétextai devant
mes amis quelques affaires importantes qui ré-
clamaient impérieusement ma présence ailleurs,
et je m'embarquai bravement pour Saint-Thomas où je savais ne rencontrer aucune affaire ,
mais où je savais bien aussi que je ne rencontrerais pas la fièvre jaune. On peut quelquefois
proclamer sans honte que l'on ne craint ni un
coup d'épée ni un coup de pistolet , et que l'on
redoute beaucoup la contagion. C'est même là un
privilége d'avoir peur que les plus intrépides se
sont arrogé en établissant, selon moi, une distinc-

tion un peu subtile entre la mort qu'il est beau
de braver sur un champ de bataille, et la mort
qu'il est si désolant de subir dans un bon lit.
Mais pour les philosophes qui tiennent à conserver une certaine réputation de stoïcisme, il
est toujours prudent de chercher un prétexte qui
puisse les mettre à l'abri du danger, sans laisser
suspecter leur courage. Si l'on pouvait connaître
tout l'alliage de vanité qui entre dans la composition ordinaire de cette vertu que nous admirons
sous le nom d'héroïsme, combien de héros ne
seraient plus à nos yeux que des fanfarons de
bravoure ou des gascons de stoïcisme !

J'arrivai sain et sauf à Saint-Thomas.

La seule distraction que je trouvasse à me
procurer pendant la première semaine de mon sé-
jour dans cette petite île, était celle d'aller matin
et soir promener activement mon oisiveté sur le
bord de mer (¹), pour avoir l'air d'attendre
ou d'espérer quelque chose du côté du large.
Les gens dont j'étais entouré et coudoyé, à

chaque instant, me semblaient tellement affai-
rés, que j'aurais été humilié de me sentir dé-
sœuvré aux yeux des autres. Dans les colonies, où
l'on mesure la considération à accorder aux
étrangers, sur le bruit qu'ils font ou le mouvement qu'ils se donnent, il n'y a guère que
les marins qui aient la prérogative de ne rien
faire, sans risquer de passer pour inutiles et
inoccupés. Quand ils se reposent ou qu'ils s'a-
musent, on sait assez que ce n'est pas pour
long-temps, et on leur pardonne leur oisiveté pas-
sagère comme un délassement sans conséquence
pour l'avenir qui les attend. Mais l'homme qui
n'étant ni négociant ni marin, ne sait pas se
donner l'apparence d'un but ou d'une occupation, est peut-être le plus triste des badauds
dont l'Europe ait pu faire présent au Nouveau-
Monde.

Pour me donner une contenance, je me for-
geai donc un espoir, à défaut d'une occupation
réelle. Tous les jours, j'allais attendre quelque

chose sur le port et demander un bâtiment aux
flots, aux vents, à la tempête. A chaque instant, pour peu qu'un long navire aux formes
cursives, à l'apparence *forbanesque*, arrivât sou-
dainement pour laisser tomber son ancre sur le
fond de cette rade ouverte à tous les pavillons
suspects, je m'imaginais voir bientôt un léger canot se détacher des larges flancs du brick ou du
schooner mystérieux, pour venir jeter à terre le
capitaine Salvage, frère José, ou peut-être bien
le farouche maître Bastringue. Mais depuis un
mois, j'avais eu beau attendre au port, observer
au large tous les navires entrant, rien n'était
encore venu me révéler l'arrivée ou la présence
d'une des nobles pratiques de feu mamzelle
Zirou.

Plusieurs fois, un jeune homme portant un
large chapeau sur sa chevelure bouclée et un
emplâtre de taffetas noir sur le milieu de son
mâle visage, était passé à mes côtés, donnant assez
négligemment le bras à une belle personne, qu'à

son costume noir , sa tournure leste , ses grands
yeux de flamme et son petit pied, j'avais cru reconnaître pour une créole espagnole. Un soir ,
ce jeune cavalier eut la singulière idée de m'a-
border pour me demander , sans plus de façons
et de phrases , si c'était lui ou sa femme que je
regardais si attentivement quand il m'arrivait de
les rencontrer à la promenade.

Fort embarrassé d'abord de répondre à cette
question imprévue, j'avouai, pour éviter le côté le
plus désagréable de l'explication dans laquelle
paraissait vouloir entrer avec moi mon interro-
gateur, que c'était lui que j'avais remarqué.

— Et pour quelle raison ? me dit-il.

— Par la seule raison que je crois avoir eu
déjà le plaisir de vous voir quelque part.

— Et où ? ajouta-t-il.

Le son de sa voix , à ce dernier mot, suffit
pour me tirer d'affaire : c'était le capitaine Salvage que je venais de reconnaître en examinant
ses traits avec plus d'attention que je ne l'avais

encore fait, et en me rappelant en ce moment le son de cette voix que je n'avais cependant entendue qu'une seule fois.

— Eh! parbleu, lui répondis-je alors, si je vous ai vu! Vous ne vous souvenez donc plus de certain soir où vous prîtes au *Café de la Pointe*, avec deux de vos amis, un arrangement qu'à coup sûr vous n'avez pas dû oublier?

— Et de quel arrangement voulez-vous me parler?

— D'un arrangement dont je pourrais au besoin vous retracer toutes les conditions, s'il était nécessaire et s'il pouvait n'être pas dangereux de...

— Et vous avez donc eu l'indiscrétion de nous écouter ce soir-là? ajouta le capitaine d'un air sévère et avec le ton du reproche.

— J'ai fait même mieux, lui dis-je; car j'ai eu la prudence de me taire jusqu'ici.

— Comment s'est-il donc fait que vous ayez pu.... Ah! oui, maintenant, je me le rappelle :

c'est vous qui dormiez sur l'ottomane de mamzelle Zirou ! Et à propos, en parlant de mamzelle
Zirou , comment gouverne-t-elle ses affaires et
les amours?

— Elle est morte depuis près d'un an.

— Morte ! Oh la pauvre bigresse !

Ce fut là toute l'oraison funèbre de la défunte.

Le capitaine, après une demi-minute de réflexion tout au plus , sur le triste événement
que je venais de lui annoncer , ajouta :

— Je suis d'autant plus contrarié de la mort
de cette grosse gaillarde , qu'avant mon départ
de la Pointe et le soir même où vous vous trou-
viez assis près d'elle, je lui avais glissé entre les
mains certain engagement que je donnerais quelque chose de bon pour tenir aujourd'hui dans
les miennes.

— Votre engagement , qu'à cela ne tienne ,
le voilà !

— C'est ma foi vrai, et je reconnais encore sur

cet acte, vierge du griffonnage du notaire, le coup
de poignard que ce damné de Bastringue y apposa
si élégamment en guise de timbre. Et par quel
hasard, s'il vous plaît, ce chiffon de papier est-il
tombé en votre possession?

— Par le hasard qui a voulu qu'en mourant,
la dépositaire que vous aviez choisie me remît
le dépôt que vous aviez confié à sa discrétion et
à sa fidélité.

— Quelle prévoyance de sa part et quelle délicatesse de votre côté ! Ah ça , il est donc écrit
là haut que je rencontrerai une fois en ma vie de
braves gens? Ce n'est pas l'embarras , le ciel me
devait bien une telle compensation , car vertudieu! depuis que nous ne nous sommes vus, il a plu
sur ma route tant de coquins et de chenapans!...
Au surplus, dans le métier que j'ai fait, il aurait
été assez surprenant que je rencontrasse autre
chose de mieux sur mon avant, que les plus
grands vauriens du monde.

—Et qu'avez-vous donc fait, capitaine, depuis

votre mystérieux départ de la Guadeloupe?

— Ma fortune à peu près, et un petit brin de
brigandage ou guère mieux; un mariage et
peut-être une folie; mon affaire enfin, et un
peu aussi celle de mes associés.

— Et cette blessure que vous portez sur la
figure?...

— Ah c'est juste! c'est là un article que j'oubliais
de mentionner au chapitre de mes recettes : un
rien, une simple égratignure qui m'a fendu le
nez en deux au lieu de me l'enlever au raz du
pont... Mais ce n'est encore ni le lieu, ni le
temps de parler de toutes ces fadaises; c'est
quand tout le monde sera rendu à son poste,
que chacun aura à dérouler en grand son histoire
et à larguer ses comptes sur la table où il nous
faudra régler nos parts de prise.

— Vous attendez donc encore ici vos deux
collègues?

— José seul manque à l'appel; mais nous le
reverrons sous peu, si j'en crois mon pressen-

timent, car il faudrait que le diable se fût levé
de bien bon matin pour avoir réussi à mettre
dedans un renard de cette espèce. Le sort des
coquins auxquels je m'intéresse, ne m'a jamais
inspiré la moindre inquiétude : c'est pour le sort
des imbécilles que j'ai quelquefois eu peur.

— Et maître Bastringue?...

— Ah! oui, je viens de vous remettre sur la
voie, n'est-ce pas, en vous parlant du sort des
imbécilles... Tenez, voyez-vous d'ici ce long
brick barbouillé de noir, fichu comme un paquet
de sottises et tenu comme une baille à brai?
Eh bien, c'est là le panier à légumes avec lequel
il vient, selon sa noble expression , de *tricher* à
Porto-Rico, deux cent quatre-vingts bûches de
fin bois d'ébène à deux pattes courantes (²), et
cela sans que le brick que voilà et la marchandise
dont il a réussi à le remplir jusqu'aux écoutilles,
lui aient coûté seulement la crasse d'une pièce
de six liards fendue en quatre. Vivent les lour-
deaux pour avoir de la chance quand une fois ils

ont mis la main dans le sac. C'est pour les
brutes que le quine a été inventé à la loterie.
Au surplus, que leur resterait-il s'ils n'étaient
pas plus heureux que les gens d'esprit, les
pauvres diables !

— Comment, maître Bastringue aurait réussi
à se tirer si bien d'affaire ! parbleu ! je serais assez
curieux de le voir dans tout l'éclat de sa pros-
périté !

— Le voir, dites-vous? rien de plus facile pour
peu que vous vouliez bien prendre la peine de
passer le long du premier cabaret ou de la première église venue : car ce gaillard-là a trouvé le
moyen d'être présent au même moment dans
tous les bouchons et à l'entrée de toutes les
églises de la colonie !

— Lui , maître Bastringue, à l'entrée de
toutes les églises !

— Eh mon Dieu oui : depuis qu'il s'est avisé, à
la mer, de faire le sot vœu de servir de parrain
à tous les bâtards nouveau-nés qu'il rencontrerait

à sa bonne arrivée à St.-Thomas. Mais, patience : maintenant, qu'un hasard descendu du ciel avec vous, m'a remis en possession de l'engagement qu'il a signé, comme moi, avec frère José, le moment d'exiger des comptes en règle va bientôt arriver, s'il plaît à Dieu, pour peu que José ne se fasse pas attendre trop long-temps... Mais tenez, vous qui désiriez tant revoir ce sac à vin de Bastringue, regardez là-bas... Le voilà qui nous arrive vent arrière, roulant bord sur bord, et remorquant comme d'habitude un ramassis de nourrices et d'enfans emmaillotés, dans ses eaux... Le voyez-vous essuyant avec ses deux coudes les vitres de boutiques des deux côtés de la rue. Et penser que c'est là l'homme que je me suis donné pour associé ! Sauvons-nous, de grâce, de peur qu'il ne vienne dériver en grand sur nous et nous faire quelques avaries.

— Quoi, ce serait là maître Bastringue, avec cet immense bouquet à la boutonnière et ces rubans roses au chapeau?

— Eh vertudieu ! qui voudriez-vous que ce
fût, si ce n'était pas lui? Y a-t-il par hasard
deux hommes de cet échantillon-là sous la
grande écoutille des cieux !

Je m'éloignai avec le capitaine, mais à regret;
car jamais spectacle plus grotesque ne s'était
offert à mes yeux. Figurez-vous une vingtaine
de nourrices endimanchées et une centaine de
petits polissons suivant, en braillant de toutes
leurs forces, un gros matelot en habit noir, qui,
à chacun des pas chancelans qu'il hasardait devant lui, faisait ronfler une grêle de dra-
gées et de pralines au visage des hurleurs de son
turbulent cortége. Et quelle face radieuse de
bachique béatitude, étalait au-dessus de toutes
ces têtes de marmaille grouillante et braillante,
le commandant Bastringue, parrain général des
bâtards de la colonie ! Aux scènes *matelotes* de
carnaval dans un port de mer, il ne manque
qu'une chose pour rendre parfait le grotesque
que l'on admire en elles : c'est le naturel des

acteurs, c'est le sérieux de l'intention. Les masques en goguette ne s'amusent qu'avec le désir trop visible d'amuser une galerie, un parterre, leur public enfin. Mais sur la face rubéfiée, épanouie de maître Bastringue, tout était complet ; le naturel était là dans toute son ingénuité, la gravité de l'intention dans toute sa burlesque et sévère splendeur. C'était une fonction importante, un devoir sacré que l'ivrogne croyait remplir en livrant la nudité morale de tout son être aux huées de la populace du pays... Je riais pour ma part comme un fou de toutes ces grosses folies. Mais le capitaine Salvage était bien loin de rire d'aussi bon cœur que moi, je vous jure.

— Est-il donc possible, me répétait-il en s'éloignant, et en m'entraînant avec lui, que j'aie été confier huit mille gourdes à un gars coulé dans un tel moule ! Mais voyez donc comme il barbotte et s'épanouit au beau milieu de toute cette négraille !.. En vérité, je ne puis m'empêcher de rougir pour lui de toute la honte qu'il

n'a plus... Je dois en avoir, le diable m'emporte, le feu au front, n'est-ce pas ? Sauvons-
nous, de grâce. Je tremble qu'il ne nous ait
aperçus et qu'il ne laisse arriver en grand sur
nous à la tête de cette flotte de crapules.

Nous forçâmes le pas dans une direction
opposée à celle que maître Bastringue suivait fort
irrégulièrement de son côté. Chemin faisant, le
jeune capitaine m'entretint de beaucoup de
choses que j'écoutai avec la plus avide curiosité.
Au moment de nous séparer pour nous retrouver
bientôt, il m'invita à venir le voir chez lui
quand je n'aurais, ajouta-t-il, rien de mieux à
faire de mon temps. Mais de toutes ses politesses,
celle qui me flatta le plus fut la proposition qu'il
me fit en me disant :

— Dès que frère José aura montré le bout de
son pavillon de reconnaissance à l'horizon, il faudra, comme vous le savez déjà, que chacun expli-
que sa conduite et rende ses comptes en règle
devant le conseil de guerre convoqué *ad hoc*.

L'acte que je viens de vous remettre a rendu cette formalité exigible pour chacun de nous. Mais si, comme il arrive presque toujours en pareille occasion, quelque contestation s'élève entre les parties, au moment de la discussion des intérêts, il est bon que quelqu'un d'étranger à l'entreprise se trouve là pour laisser tomber le poids de son opinion dans l'un ou l'autre côté de la balance. C'est sur vous que je compte pour cela. Vous avez été fidèle et discret dépositaire. Vous serez bon juge, la conséquence est rigoureuse, et c'est ainsi que je raisonne en fait d'honneur et d'affaires. Jusqu'au revoir : ma femme m'attend pour panser la blessure que vous avez remarquée sur le centre de gravité de mon visage, et avec laquelle, quoique cette éclaboussure me fasse un peu souffrir, j'ai bien l'honneur d'être votre très humble et très obéissant serviteur.

IV

ARRIVÉE DE FRERE JOSE.

ARRIVÉE DE FRÈRE JOSÉ.

— Eh bien ! vint me dire le capitaine quelques
jours après cette première entrevue, ne vous
avais-je pas annoncé que notre estimable frère
José nous arriverait un de ces quatre matins !
Le voilà qui, pour ne pas faire mentir ma
prédiction, vient de débarquer ici frais comme
une rose et agréablement chargé d'une petite

pacotille d'argent en apparence assez passable.

—Et d'où vous est-il donc tombé si à propos, demandai-je au capitaine.

— D'où? Ma foi je serais fort embarrassé de vous le dire encore, car jusqu'ici l'aimable voyageur n'a répondu à toutes mes questions, qu'en me répétant qu'il ne parlerait que lorsque Bastringue et moi nous serions en état de l'entendre en assemblée générale. Tout ce que j'ai pu apprendre sur son compte, à la première inspection de son individu, c'est qu'il est arrivé à terre en costume de religieux et tonsuré ou tondu comme un vieux rat d'église.

— Tonsuré? Mais c'est donc d'une sacristie ou d'un couvent qu'il s'est échappé le saint homme?

— Qui le sait? lui seul peut-être, et le diable avec qui probablement il se sera entendu pour faire et arrondir sa balle. Mais, pour mettre ses bonnes intentions à profit, je lui ai donné rendez-vous chez moi demain, attendu

qu'aujourd'hui la réunion aurait été impossible,
l'ami Bastringue ayant déjà employé sa journée
à perdre dans le tafia le peu de raison dont il
peut disposer en faveur de ses amis. Frère José
qui porte dans toutes ses actions la méthode la
plus invariable, m'a demandé vingt-quatre
heures pour se reposer et pour mettre en ordre
ses idées et son rapport. Je suis sûr, tel que je
le connais, qu'il passera la nuit à rédiger le jour-
nal de ses aventures. Oh ! c'est que c'est un compère lettré que ce cher ami, quand il veut s'en
donner la peine! Vous l'entendrez demain.

— Et maître Bastringue, pensez-vous pouvoir
le posséder à jeun assez de temps pour obtenir de
lui les révélations que vous voulez en tirer?

Le capitaine me confia alors que pour être
plus sûr de la sobriété qu'il avait besoin de rencontrer le lendemain chez son collègue Bastringue, il s'était servi d'un moyen neuf et qu'il
devait regarder comme infaillible. Je suis parvenu, me dit-il, et non sans peine, à persuader

à notre incurable ivrogne qu'il était menacé
d'une prochaine et sérieuse maladie, et qu'il de-
venait urgent qu'on lui nettoyât la cale pour
prévenir l'affection dont les symptômes s'annon-
çaient déjà sur sa figure empourprée. Un docteur
de ma connaissance, ajouta Salvage, a dû à ma
recommandation lui faire préparer un purgatif
de cheval qu'il avalera demain, et il n'en fallait
pas moins, je vous assure, pour balayer et lessi-
ver l'estomac de notre camarade. En sorte que
demain nous pouvons espérer de le voir nous
arriver sain et à jeun, s'il plait à Dieu, et à la
médecine de faire aussi des miracles.

Le capitaine tout joyeux de la découverte du
procédé hygiénique qu'il se proposait de mettre
en usage, me quitta en riant et en me donnant
rendez-vous chez lui pour le lendemain.

V

RÉUNION DES TROIS PIRATES

RÉUNION DES TROIS PIRATES.

L'heure du rendez-vous qui m'avait été indiqué la veille, tintait à peine sur les cloches fêlées de la ville, que je me faisais annoncer chez le capitaine Salvage. Lui-même, en m'entendant répéter deux ou trois fois mon nom au nègre qui lui servait de valet de chambre, descendit pour me recevoir au bas de l'escalier qui conduisait à la salle de réunion dans laquelle se trouvait déjà rendu frère José. A l'air demi-affectueux et demi-réservé avec lequel cet estimable corsaire répondit à mon salut d'introduction, je devinai de suite que le capitaine avait dû préparer son illustre associé à l'étrangeté ou à l'indiscrétion de ma visite. Le grave frère José, sans trop prendre garde aux premiers mots de compliment qu'en entrant j'échangeai selon l'usage avec mon hôte, continuait à feuilleter une petite liasse de carrés de papiers inégalement coupés qu'il paraissait vouloir mettre en ordre, et pendant que cette occupation minutieuse semblait absorber toute son attention, je pus, sans m'exposer à me montrer trop indiscret, examiner enfin tout à mon aise la physionomie de cet homme singulier que je n'avais encore vu que si imparfaitement. En me rappelant autant qu'il me fut possible, l'impression que la figure de frère José avait produite sur moi la première fois, et en la comparant à celle que j'éprouvais

en le revoyant à Saint-Thomas, je pensai
qu'aucun changement bien remarquable ne devait s'être opéré dans sa tournure et ses ha-
bitudes extérieures ; c'était toujours à peu
près le même petit homme assez gauche, assez
insignifiant. La différence du costume qu'il portait à la Pointe, de celui sous lequel il était débarqué à Saint-Thomas, aurait pu seule avoir le
privilége d'offrir quelque chose de nouveau à
ma curiosité. Au lieu d'être vêtu en marin
comme autrefois, il était empaqueté dans une
grosse houpelande grisâtre qu'on aurait pu
prendre assez volontiers pour la défroque d'un
révérend père de la Rédemption, ou une de ces
capotes dont on affuble les malades dans nos
hôpitaux militaires; et ce qui achevait de rendre
plus complète encore pour moi l'analogie que
j'avais cru trouver entre ce singulier accoutrement et celui d'un échappé de monastère ou
d'hospice, c'est qu'au sommet de la tête pointue
du pirate, on pouvait reconnaître la trace non

équivoque de la tonsure qui avait dû tout ré-
cemment être pratiquée sur son noble chef.

Salvage, à qui l'objet principal de l'inspection que je venais de faire, ne pouvait échapper,
me regarda en souriant et en jetant les yeux
d'un air d'intelligence sur la partie absente de
la chevelure de son confrère. Ses cheveux repousseront, me dit-il à l'oreille, mais les tondeurs
qui les lui ont rasés ne repousseront plus.

— Et notre ami Bastringue, s'écria le capitaine
pour généraliser la conversation, aurait-il mangé
ou plutôt bu l'heure du rendez-vous avec la médecine de précaution que je lui ai fait avaler ce
matin? Voilà vingt bonnes minutes qu'il devrait
être rendu à l'appel, et je ne le vois pas même
arriver. Ce retard là ne me présage rien de bon.
Je crains qu'il ne lui soit tombé sur les bras
quelques douzaines de baptêmes à faire, avant
qu'il n'ait pu trouver un moment à lui pour
penser à nous.

— Oui, quelques douzaines de baptêmes, *in*

aquâ vitœ ou bien *in aquâ vitœ œternœ*, répondit gaiement frère José, en posant son cahier de notes sur la table près de laquelle il était assis. Mais ne calomnions pas aussi légèrement, ajouta-t-il, le prochain absent, car le voici qui nous arrive tout juste ce cher prochain, par la ligne la plus courte d'un point à un autre.

— Par la ligne droite? pas possible, s'écria tout étonné et tout enchanté le capitaine... Puis après avoir mis un instant la tête à la fenêtre, il reprit avec un air de surprise et de satisfaction : C'est ma foi vrai! Dieu et la médecine en soient loués : il est à jeun!

C'était bien en effet maître Bastringue en personne qui nous venait ainsi, la mine un peu renfrognée, mais calme; la tournure toujours lourde, mais libre et assurée. Les premières paroles qu'il nous fit entendre en entrant, me semblèrent d'un laconisme caractéristique.. Plus souvent, grognona-t-il, en s'adressant au capitaine, qu'une autre fois tu me feras embarquer une médecine dans le fond de ma *cambuse*! Depuis ce matin que j'ai mis le muffle dans ce gamelot de drogailles qu'on m'a donné à renifler, voilà la première fois que je reste une demi-heure sans être obligé, sous votre respect à tous, de dégréer mes culottes! Ouf!... Entends-tu encore comme ça gargouille, les grenouilles que j'ai dans la cale?

— Et comptes-tu pour rien, lui demanda Salvage, le nettoyage en grand de ta cale, et la maladie que le purgatif vient de te faire éviter?

— Jolie manière de nettoyer la cale d'un homme, que d'empester toute la maison de mon hôtesse, et que de chavirer le tempérament d'un chrétien pour l'opposer d'avoir une maladie qui ne serait jamais peut-être bien tombée à son bord! Je voudrais pour je ne sais pas quoi, avoir pendant deux heures de temps seulement sous le vent à moi, le paliaca de docteur qui m'a fait abbraquer cette poison de *purge*... Pouah!...

Puis, les narines ouvertes et la figure hagarde,

le sauvage matelot se mit à promener autour
de lui et sur moi des regards étonnés et défians :
on aurait dit que, comme certains animaux car-
nassiers, il eût voulu flairer tous les objets qui
l'environnaient avant de hasarder un pas qui pût
l'exposer à trébucher dans quelque piége. Jamais,
je l'avoue, je n'avais encore vu de si près,
d'homme d'un extérieur aussi farouche et pour
ainsi dire aussi fauve, que celui que m'offrait en
ce moment le plus inculte de mes trois pirates.
Toute sa personne exhalait comme un cable,
une odeur de cordage et de goudron ; la médecine
qu'il avait avalée le matin et dont il paraissait
encore ressentir les effets ultérieurs, pouvait
bien, il est vrai, contribuer à donner à sa physionomie l'air de sournoiserie et d'inquiétude qui
me déplaisait tant en lui. Mais en faisant même
abstraction de cette cause accidentelle, je jugeai
bien que maître Bastringue, dans son état
ordinaire, devait être encore le plus laid
et le plus repoussant de tous les marins

que jusque là j'avais eu occasion d'observer.

Salvage, toujours attentif à prévenir et à m'é-
pargner tout ce qui pourrait être susceptible de
m'embarrasser ou de me choquer en présence
de son cher confrère, attira Bastringue dans un
coin de l'appartement pour lui glisser à l'oreille
quelques paroles auxquelles je vis bien que je ne
devais pas être étranger. Après avoir accordé un
moment d'attention à la confidence du capitaine,
le rude matelot, dont les yeux s'étaient fixés sur
ma figure pendant ce court entretien, s'approcha
de moi pour me demander avec la brusquerie
qui lui était ordinaire :

— C'était donc vous le petit jeune homme qui
dormait ce soir là, chez défunte mamzelle Zirou? Puis sans se donner le temps d'attendre une
réponse affirmative, le rustre ajouta : Ça faisait
une bien belle fille dans son temps. Elle n'en
avait qu'un, mais il était beau !

Mamzelle Zirou, comme on se le rappellera
encore peut-être, était borgne, et c'est au seul

œil que possédait de son vivant la pauvre créole,
que maître Bastringue faisait allusion en ce
moment.

Ces quelques mots de regret accordés en passant à la mémoire fugitive de l'infortunée
mamzelle Zirou, reportèrent les souvenirs un
peu confus du matelot sur le bon temps qu'il
avait passé à la Pointe-à-Pitre dans le cabaret
de la défunte. L'éloge du tafia que l'on buvait
chez l'honnête fille n'eut garde d'être oublié,
et cette partie de l'oraison funèbre de la maîtresse
du café de la Pointe, fut traitée par le panégy-
riste avec un ton et une énergie d'expression
qui me prouvèrent encore plus l'étendue des
connaissances profondes de l'orateur en fait de
tafia, que la sensibilité de son âme. Mais, grâce
à la conversation qui venait de s'établir entre
nous au sujet de mamzelle Zirou, je trouvai
moyen, en adressant plusieurs fois la parole à
maître Bastringue, de renouveler connaissance
avec ce personnage que je n'avais encore vu

1. 7

qu'une fois, et qui de son côté se ressouvenait à peine de m'avoir entrevu dormant près du comptoir du café de la Pointe.

Il fallut songer au but matériel de la réunion, et pour arriver au résultat qu'il s'était proposé en nous rassemblant chez lui, Salvage improvisa un petit discours fort concis, sur la nécessité de mettre un peu d'ordre dans la manière dont il conviendrait de s'y prendre pour remplir les clauses de l'engagement dont j'étais resté possesseur et que j'exhibai aux yeux des trois intéressés. Cela dit, fait et approuvé, on jeta trois bulletins numérotés dans le fond d'un chapeau que l'on me donna à tenir. Bastringue plongea d'abord sa main dans la cavité circulaire de cette urne improvisée, et il en retira le numéro 2. Le numéro 3 tomba à frère José.

— A toi la blague par conséquent! s'écria Bastringue, en s'adressant au capitaine Salvage. Le sort t'a envoyé le numéro 1, et ce n'est pas dommage; car si ç'avait été à moi de prendre la parole le premier, le diable m'enlève si j'aurais su de quel bord m'orienter. Nous allons donc actuellement en entendre de burinées. Attention les amis, ça va peut-être me mettre en train.

Le capitaine commença en ces termes le récit qu'il avait à nous faire.

IV

AVENTURES
DU CAPITAINE SALVAGE.

AVENTURES DU CAPITAINE SALVAGE.

«Dès que je vous eus quittés tous deux, il y a un
an, à la Pointe-à-Pitre, allant chacun chercher
au loin fortune ou malheur, je me dirigeai, guidé
par une idée qui me souriait depuis long-temps,
vers l'île de Cuba, à bord d'un petit caboteur
qui en quelques heures et pour quelques pias-

tres me jeta mon sac et moi à Matanzas.

BASTRINGUE. A Matanzas! Oui, on connaît
ça : quinze lieues dans l'Est ou l'Est quart-Sud-
Est de la Havane. L'endroit est habité par un
millier de flibustiers de toutes nations et de
toutes couleurs, hormis la bonne.

SALVAGE. L'endroit, comme vient de le
faire remarquer si judicieusement maître Bastringue, m'avait toujours paru convenable et
exploitable. Je sondai le mouillage et la passe
avant de laisser tomber ma grande ancre sur ce
fond, et de relâcher momentanément dans le
petit port. Un joli brick mal entretenu, mal
peigné, mais encore capable de tenir un ou deux
mois sur l'eau, assez léger d'échantillon, mais
aussi bien taillé pour la marche que faible d'apparence, devait être vendu à l'encan après avoir
été saisi par un croiseur pour s'être essayé mala-
droitement à faire quelque peu de piraterie.
On semblait disposé à le donner pour peu de
chose ; je l'achetai quatre mille gourdes, moitié

juste de la somme que j'avais emportée sous la doublure de mon gilet de course. Ayant ainsi trouvé un navire à me mettre sous les pattes, il ne me restait plus qu'à chercher un équipage à mettre à bord du navire. Le geôlier de la prison, espèce de gueux qui aurait mieux été à sa place dedans qu'à la porte de la turne qu'il gardait, se chargea, moyennant une petite commission, de devenir mon commissaire d'armement. Tous les bandits qu'à grands coups de rotin, il parvenait à faire sauter par dessus les murs de son presbytère, venaient me tomber sur les bras pour me demander si je voulais d'eux et où j'aurais l'intention de les conduire. Je répondais à toute cette garniture de potence : Je te prends pour faire ce que je voudrai de toi, et pour aller où il me fera plaisir de te *trinque-baller*. C'est bien, me disaient mes nouvelles recrues, ça vaudra encore mieux que la prison et le supplément de coups de liane que nous élonge chaque soir le geôlier. — Mais, mes

avances, capitaine? — Tes avances, tu les tou-
cheras à la mer, si tu n'arrives à bord que le
jour du départ. Jusque là, cache-toi où tu pourras. Tu me fais l'effet d'avoir besoin de te reposer à l'ombre et moi aussi. Ils m'avaient compris:
je les avais jaugés, cela devait nous suffire.

Je commençai, aidé de quelques esclaves à
moitié matelots, le réarmement du bateau dont
j'étais devenu l'unique maître après Dieu. Les
desseins que l'on me supposait en me voyant
rapetasser et régréer mon brick, sans avoir
confié à âme qui vive le projet qui m'avait
conduit à Matanzas, excitèrent la défiance des
autorités et la jalousie des spéculateurs de l'endroit, et je compris bientôt à leur mine
sournoise, que la dissimulation et l'audace me
seraient nécessaires pour faire quelque chose de
bien au milieu des lurons de ce gabarit.

En quinze ou vingt jours cependant ma barque
un peu rafistolée, se trouva en état à peu près
de tâter de la mer, et ce fut alors seulement que

je me sentis respirer à l'aise. Il ne me manquait
plus pour filer que la permission du gouverneur
et l'équipage auquel j'avais donné rendez-vous
pour l'heure du départ, et qui, à un signal convenu, devait me tomber à bord raide comme
grêle, pour appareiller dans la nuit.

Avant d'aller plus loin dans le récit des événemens que j'ai à vous retracer, il est déjà temps
de vous dire que pendant les deux ou trois semaines qu'il m'avait fallu employer à Matanzas
au racastillage du bateau, j'avais remarqué dans
une des maisons près desquelles j'étais amarré,
une petite jolie scélérate de femme ou de fille, qui
me souriait avec coquetterie, toutes les fois qu'il
me prenait envie de la saluer en la voyant
paraître et disparaître à sa croisée, comme une
pièce de canon que l'on met et que l'on rentre
en batterie à l'exercice. La mine croustillante et
les yeux pétillans de la senorita, me plurent ou
m'agacèrent, l'un ou l'autre. Je lui envoyai des
baisers sans plus de façon sur le bout de mes doigts,

ainsi que cela se pratique quelquefois lorsqu'on
n'a rien de mieux à faire que de faire l'amour à
la volée ; et à mes baisers télégraphiques on répondait par une pluie de fleurs jetées sur moi
à pleines mains et à plusieurs reprises. Bon! me
dis-je alors : la beauté mord à l'hameçon , et il
me faudra rabraguer bientôt ma ligne à bord :
le poisson donne; ne nous endormons donc pas
sur le lieu de pêche. Ce que j'avais résolu fut
exécuté. Un soir j'entre dans la maison de mon
objet sans même avoir levé la tête pour regarder
le numéro du logis. J'embrassai, pour lier plus
vite la conversation , le jeune tendron que je
n'avais encore embrassé que d'imagination et à
longueur de gaffe. Quatre grands nègres auxquels
je n'avais pas pris garde me tombèrent incontinent
sur le dos et me repassèrent, malgré les cris et les
prières de ma douce conquête, une trempe de
coups de bambous dont je me souviens encore à
l'heure qu'il est comme si c'était d'hier , et qui
ne laissent pas que de me chatouiller rudement

les omoplates, je vous le cautionne, quand le temps est humide et que les vents menacent de hâler le Sud.

BASTRINGUE. Sais-tu bien que c'est tout de même un fameux baromètre que tu as gagné là; mais va toujours, mon capitaine, ton histoire et tes coups de trique commencent à m'amuser joliment, moi. Pousse toujours de fond : l'histoire me plait, et sans me flatter je puis dire que je me connais assez bien en contes et en histoires.

SALVAGE. Le lendemain de la volée que j'avais reçue et du baiser au naturel que j'avais eu le plaisir de donner, j'appris que je m'étais frotté, moi téméraire et obscur roturier, à un quartier de noblesse du pays, et que ma princesse n'était rien moins que la fille d'une des familles les plus anciennes de la colonie, famille à la vérité aussi pauvre que noble, mais aussi fière que pauvre. Rafale et orgueil! à la mode espagnole enfin.

«Le lendemain aussi, pour appliquer le baume réparateur du sentiment sur la meurtrissure amoureuse des coups de bâton qui m'étaient arrivés si vitement d'aplomb sur les épaules, la petite brune me fit signe de passer sous sa fenêtre pour que je pusse jouir et m'abreuver délicieusement des larmes que ma mésaventure lui faisait verser sur ma mystification et mes contusions. Ce fut elle à son tour qui m'expédia au bout de ses jolis doigts effilés, la double et la triple valeur, au moins, de tous les baisers aériens que j'avais envoyés escomptés à son adresse pendant les quinze ou vingt jours de mon armement sous ses croisées.

Enfin force me fut alors de tirer d'un fait aussi évident la conclusion consolante que j'étais aimé autant et plus peut-être, que je n'avais été rossé, et ce n'était pas peu dire, je vous le jure.

Frère José. Tout cela est sans doute fort bien, fort intéressant pour toi, mon brave Salvage, Mais de grâce fais-moi l'amitié de m'apprendre ce que notre affaire, à tous trois, peut avoir de commun avec ce que tu nous racontes là?

SALVAGE. Donne-toi la peine de m'écouter et laisse-moi le temps de poursuivre, et tu verras, après cela, comment tous ces faits se lient intimement à l'objet principal du récit que j'ai à vous faire.

BASTRINGUE. Et sans doute, laisse-le aller de l'avant, José, puisque tu vois que tout ça se tient ensemble et comme par la queue ; l'amour et les coups de trique, la noblesse et les embrassades en plein bois. Il n'y a rien au monde qui me fasse plus de plaisir à moi que les raclées des amoureux quand c'est les autres qui les hâlent en dedans pour leur propre compte. Chacun son goût. Va toujours de l'avant, mon vieux ; comme ça va bien, tu me fais un sensible plaisir et je t'écoute.

SALVAGE. Une fois mon navire armé, il me fallait, comme je pense vous l'avoir déjà dit, un équipage pour le manœuvrer et un billet de passe pour pouvoir sortir légalement de la rade. Mais j'avais encore si peu songé à me mettre en règle sur ce dernier article, que je ne m'étais pas même occupé, le croiriez-vous, de donner un nom à mon corsaillon. Le brick portait auparavant autant que je puis me le rappeler, un nom de sainte ou de saint espagnol, car c'est presque toujours soit dit en passant, sous des noms de saints, que ces lurons vous font dévotement la piraterie. Mon brick donc s'appelait le *el Santo-Benito*, la *Santa-Maria*, la *Santa-Catharina* ou quelque chose de pareil. Je lui donnai le nom de ma sainte à moi : *La Hermosa Padilla*, la *Belle Padilla*. Rien que cela s'il vous plait ; le nom de ma dulcinée aux baisers aériens et aux coups de bambous fort terrestres. La pauvre petite patronne de mon bateau, me parut toute bouleversée de sensibilité en apprenant cet acte de galanterie française ; et dès ce jour elle jura, me dit-on, de n'avoir jamais d'autre époux ou d'autre amant que moi. Merci de la préférence! pensai-je. Je jurai de mon côté, moi qui jure aussi bien qu'un autre à l'occasion, que je ne serais jamais son époux, et que je ne serais son amant que pour passer agréablement une heure ou deux avec elle. Vous apprendrez bientôt vous autres, par ma propre expérience, qu'avec ces gueusettes de femmes on ne peut jamais répondre de ce qu'on fera ou de ce qu'on ne fera pas dans la vie.

— Est-ce qu'il serait marié à présent ? demanda à voix basse maître Bastringue à frère José, en entendant son ami Salvage faire cette dernière réflexion d'un ton demi-goguenard et demi-sérieux. Frère José ne répondit à cette expression des doutes de son collègue qu'en élevant ses maigres épaules à la hauteur de ses oreilles, et d'un air qui semblait dire : Je n'en sais rien, mais au surplus, je m'en moque.

Salvage reprit :

— Une nuit, c'était la veille du jour fixé pour mon départ, une nuit, ai-je dit, qu'enveloppé de mon manteau, je faisais seul le quart par distraction sous les fenêtres de mon objet, je me trouvai accosté par un petit homme que j'avais cru

I.   8

déjà voir passer à contre bord de moi. « Senor
« capitan, me dit en me saluant mon inconnu,
« est-ce bien vous? — Parbleu! si c'est moi, lui
« répondis-je : la belle question ! Que me
« voulez-vous? — Vous dire deux mots. —
« Dites-en en quatre, mon ami, mais commencez
« vîte pour que ça finisse plutôt. — Oui, mais
« éloignons-nous, s'il vous plaît. Je crains qu'on
« ne m'ait déjà aperçu. Allons plus loin, de
« grâce. — Volontiers, répondis-je encore, si
« cela peut vous être agréable, pourvu que ça ne
« soit pas trop loin. Mais à quel senor, puisque
« senor il y a, ai-je, s'il vous plaît, l'honneur de
« parler à cette heure indue, assez peu faite pour
« la conversation? » — L'ingrat ! s'écria alors
douloureusement mon étranger, ou plutôt mon
étrangère, il ne me reconnaît seulement pas !...
C'était Padilla, mi hermosa Padilla elle-même,
en chair et en os, et même en habit de cavalier.
Mais le diable que je l'eusse reconnue à sa voix et
sous son déguisement ! C'était la première fois de

ma vie que je l'entendais parler. Le soir de ma
malencontreuse introduction chez elle, je ne
l'avais entendue que crier et gémir !

« Pour répondre en galant chevalier au désir
qu'elle m'avait d'abord exprimé, je l'entraînai, en
courant comme un voleur, à quelque distance du
lieu où elle paraissait tant redouter de rencontrer des surveillans ou des indiscrets. Avant de
reprendre haleine, et de nous croire un peu en
sûreté, nous galopâmes tous deux pendant un
bon quart-d'heure, et au risque de nous faire
piquer par les serpens, dont ce coquin de beau
pays est infecté. Mais comme me faisait observer allégoriquement et judicieusement Padilla,
en arpentant le terrain avec moi, les serpens qui
se cachent dans les hasiers sont moins dangereux
aux amans que les mauvaises langues qui glissent
un mot perfide sous les fleurs de l'amitié. Dès que
je pus me supposer à l'abri des importuns et des
jaloux, j'essayai, bien entendu, à prendre avec
ma conquête des libertés analogues à la circons-

tance ; pas moyen; l'espagnole , qui jusque là
s'était montrée si tendre avec moi , se montra
plus fière et plus intraitable que je l'avais crue
douce et facile sur l'article. Ce qu'elle semblait
avoir à me communiquer me parut même beaucoup plus pressé pour elle, que la bagatelle
n'était tentante pour moi. Je me décidai à attendre
un moment plus opportun pour renouveler mes
attaques , et à écouter ce qu'elle avait envie de
me communiquer si précipitamment. — On en
veut à ta vie, me dit-elle d'un air tout pénétré du
danger qu'elle m'annonçait. — Et qui , lui
demandai-je en souriant , peut en vouloir à ma
vie ? — Le gouverneur à qui ma main a été pro-
mise malgré moi. S'il ne peut te faire assassiner
ici, sois sûr qu'il aura ton sang ailleurs. L'infâme
Cotumbo , le plus redouté des pirates du pays,
lui a juré que s'il te rencontre à la mer , il lui
rapportera ta tête ; et le gouverneur s'est engagé
à payer au poids de l'or ce terrible présent !...
Son or et ta tête dans la même balance , com-

prends-tu maintenant mon effroi ? — Pas possible, m'écriai-je, un peu étonné de la révélation.

— Et crois-tu, me répondit Padilla, que, sans la
certitude du péril qui menace tes jours, je me
serais exposée à venir ici sous des habits autres
que ceux de mon sexe, pour t'accorder un rendez-vous d'amour? Va, sois assuré que si j'ai
oublié jusque-là tous les devoirs de la pudeur,
et que si j'ai bravé la colère et la malédiction de
mes parens, que la connaissance de ma démarche
imprudente pourrait plonger dans le désespoir,
c'est que j'ai senti qu'il s'agissait de ta vie et
qu'un mot de moi pouvait te sauver... Pars donc,
éloigne-toi vite, je t'en conjure au nom de tout
ce que tu as de plus sacré. Quelque chose qu'il
m'en coûte de me séparer sitôt de toi, je sens que
ton absence me sera mille fois moins pénible à
supporter, que la crainte du danger que tu cour-
rais en restant plus long-temps ici... Moi-même,
j'ai entendu les affreux desseins du gouverneur
et la promesse, plus affreuse encore, que lui a

faite Cotumbo... Éloigne-toi donc, je t'en conjure, je t'en supplie à deux genoux; l'odieux gouverneur n'aura pas ma main, dût-il m'arracher ce cœur qui ne peut être et qui ne sera jamais qu'à toi... J'en jure par le ciel et par les mânes de ma mère ! On vient !... fuis. Adieu, mille fois adieu ! »

« Et, comme de fait, la belle fila son nœud en prononçant ces derniers mots, et je ne revis plus mon oiseau!

BASTRINGUE. Ah! écoute donc ! c'est que ça court si vite les jeunes filles, toutes fois et quantes ça n'a pas le bas des cotillons amarré sur le *dormant* des jambes. Mais tu orientas sans doute aussitôt, pour lui appuyer la chasse dans les hasiers du voisinage?

SALVAGE. Un peu étourdi, malgré le sang-froid que je conserve assez passablement dans les grandes occasions, un peu étourdi, vous ai-je dit, de la confidence que venait de me faire si vivement ma princesse, je ne m'aperçus

qu'après lui avoir laissé gagner une bonne en-
cablure de terrain sur l'avant à moi, qu'elle
m'avait remis en me quittant, quelque chose
dans la main. C'était un poignard et des cheveux ! Elle était si pauvre, cette noble fille d'une
des plus antiques maisons de l'île de Cuba !...
En examinant plus tard et tout à loisir les deux
objets qui composaient ce cadeau précieux, je
lus sur le manche du poignard : *Vengeance pour
lui* ! et sur le sachet de satin qui enveloppait la
mèche de cheveux : *Amour pour toi* ! Ces jeunes
havanaises ont, le bon Dieu m'emporte, des
idées romanesques à faire mourir de rire, quand
une fois elles s'avisent d'aimer quelqu'un autrement que pour la farce. Effet trop ordinaire,
vous le savez, de la chaleur du climat et de l'ardeur de leur imagination toujours montée à 25
degrés Reaumur, pas autre chose !

« J'ai professé presque toujours, il faut vous
le dire, un assez grand éloignement pour toutes
ces aventures amoureuses qui commencent par

des soupirs et des œillades bien tendres, et qui se terminent presque toujours par des bâille-mens et des dégoûts infiniment trop prolongés. Mon imagination à moi n'a guère rêvé d'autres chimères et d'autres plaisirs, que des courses sur mer et de bons coups de canon à donner ou à recevoir. C'est à peu près là toute la chevalerie qui ait souri à ma jeunesse, et qui m'ait créé ce que l'on appelle, en langage sentimental, d'aimables illusions. Mais je vous avouerai, cependant, que malgré mon indifférence assez caractérisée pour toutes sortes d'intrigues et de liaisons galantes, la petite passion mutine que je croyais avoir inspirée à Padilla, m'avait chatouillé quelque peu la partie la plus sensitive de ma virile organisation, moins peut-être pour ce que cette petite passion me promettait en jouissance, que pour ce qu'elle pouvait me faire prévoir de périlleux et de funeste pour moi. J'aime enfin le danger, puisqu'il faut exprimer clairement ici mon idée; j'aime le danger pour le danger lui-même, parce que lui seul m'a fait éprouver jusqu'ici les uniques émotions qui puissent plaire à mon âme, et qui sachent remuer un peu rudement mon cœur blasé ou doublé en cuivre sur toute autre espèce d'émotions. Jamais, par exemple, un navire, vous comprendrez cela vous autres, ne m'a paru plus beau que lorsqu'il s'apprête à envoyer une bonne volée dans les flancs du navire à bord duquel je me trouve. Aussi, que de fois me suis-je dit, en raisonnant un peu mes goûts et mes sensations: Si quelque jour il arrivait que le ciel ou l'enfer te destinât une femme, puisse le destin te la faire enlever du milieu des flammes ou au plus fort du carnage, pour la déposer évanouie au pied des autels, et recevoir sa main au moment où ses yeux se rouvriront épouvantés à la lueur d'un coup de foudre !

« Avec un pareil dévergondage d'idées, si vous voulez, ou une telle soif d'émotions remuantes, si vous aimez mieux, il ne m'était pas

bien difficile de m'expliquer pourquoi la petite
espagnole était parvenue à m'inspirer un goût
plus vif que celui que, jusque-là, j'avais éprouvé
pour une centaine d'autres femmes encore plus
jolies et plus piquantes qu'elle. Mais en réflé-
chissant un peu sensément à tout cela, je me faisais
quelquefois de la morale à moi-même et à ma manière, et je me disais : Voyons, n'y a-t-il pas folie à
toi, à louvoyer sous la batterie d'une jolie cor-
vette que tu n'amarineras jamais, pendant que
les projets que tu as formés t'appellent loin du
coup de poignard dont quelques lâches te menacent dans l'ombre ? Que gagneras-tu , je te le
demande , à *soupirailler* inutilement comme un
tendre berger d'Arcadie , et à te faire assassiner
au détour d'une rue obscure pour n'avoir joué
que le ridicule personnage d'un pipeur de petites
filles ? Allons, secoue-moi, plus vite que cela,
toutes ces sottes rêvasseries en prenant ta casaque de bord pour aller au large , et chercher
plutôt à t'ouvrir la route la plus courte , en dé-

ployant tes huniers au vent, pour échapper à ceux qui prétendent te faire pourrir dans le port, ou poser devant toi la borne insolente de leur autorité. Appareille en double et souplement, mon garçon ; c'est là ce que tu as de mieux à faire, et qu'on ne te casse plus la tête de toutes ces balivernes là.

« On ne raisonne pas long-temps ainsi sans prendre un parti décisif, avec mon caractère et dans mon état. Mon parti à moi fut bientôt arrêté. Je me décidai, le lendemain même de mon entrevue avec la belle et fugitive Padilla , à envoyer aux cinq cents diables tous les rendez-vous d'amour , toutes les intrigues de rues et de ruelles , et la belle Padilla elle-même avec ses larmes, ses sanglots, ses soupirs et tout le bataclan d'usage.

« J'aurais fort bien pu , vous entendez , suivant la mode adoptée dans le pays que j'habitais, me débarrasser du gouverneur et du forban qu'il voulait mettre à mes trousses , en payant

un brave nègre pour escofier aristocratiquement
et clandestinement l'un, et pour assommer osten-
siblement l'autre comme un dogue ou un taureau.
Mais comme la fine peau d'un gouverneur se
paie cher dans l'île de Cuba, et que les menaces
de don Cotumbo n'avaient pas le pouvoir de
beaucoup m'effrayer, je jugeai à propos de
laisser vivre l'homme en place par économie, et
le manant par suite du mépris qu'il m'ins-
pirait. Ma double vengeance fut ainsi ajournée;
mais elle ne fut pas perdue pour cela, comme
vous le verrez plus tard, à mesure que j'avan-
cerai dans la narration de mes faits et gestes.

« Pour exécuter, au jour marqué, le déguer-
pissement que j'avais projeté, je ralliai à petit
bruit les cinquante ou soixante *va-nu-jambes*,
qui devaient composer mon noble personnel de
course. Ces vauriens sortirent ainsi que des loups
affamés, de toutes les plus mauvaises tannières
du petit port, pour venir se grouper à mon bord
sous l'autorité encore assez équivoque de mon com-

mandement. Il ventait dur, par bonheur pour moi, le soir où il m'importait de vider la passe avec ce rebut de canailles décrochées des gibets de Matanzas. La confiance que j'inspirais aux chefs de la douane, de l'administration et de la marine de l'endroit, n'avait jamais été telle, qu'ils eussent négligé jusque-là toutes les précautions propres à m'empêcher de faire le coup que je passais pour avoir préparé d'assez longue main, et il y avait à peine une heure, en effet, que j'avais réussi, et non sans quelque peine et beaucoup de mystère, à entasser dans ma cale mon ramassis d'équipage, que le commandant militaire s'avisa de faire planter sur mon pont une douzaine de grenadiers, chargés de s'opposer au besoin par la force, à toute espèce de mouvement et de manœuvre que je pourrais tenter dans le but de quitter le mouillage. Ce procédé soldatesque m'étonna d'autant plus, ce jour là, que j'avais eu soin de ne faire aucune démonstration apparente qui pût révéler à la vigilance du gouverneur,

le dessein que j'avais de passer par dessus les
petites formalités prescrites aux navires qui
voulaient sortir du port pour naviguer régulièrement. Je fus d'abord on ne peut plus contrarié, et pour le moins aussi embarrassé du
séquestre militaire que les soupçons de l'autorité
venaient d'apposer si inopinément sur mon
bâtiment.... Le hasard, sur lequel je comptais
fort peu, fit plus pour moi, dans cette conjonc-
ture difficile, que toutes les mesures que je
croyais avoir prises et sur lesquelles je comptais
beaucoup. Il ventait dur ce soir là, comme je
crois avoir eu l'honneur de vous le faire observer
déjà; la brise était de terre et elle chassait au
large de gros nuages épais, avec une force et
une vitesse qui faisaient vraiment plaisir à voir.
Un coup de vent des plus carabinés s'annonçait
enfin, et le baromètre que je consultai une
centaine de fois dans l'espace d'une heure, me
faisait espérer quelque chose de bon pour moi
dans l'apparence épouvantable que présentait le

temps. Les autres bâtimens, mouillés à côté de
mon brick, avaient déjà pris leurs précautions
pour faire tête au coup de vent qui s'annonçait,
et pour rester. Moi, j'attendais le moment de ne
pas rester, et de détaler avec l'aide de la tempête.
Il vint à la fin, ce moment désiré, à l'heure où
la violence des redoutables ouragans, que l'on
essuie si souvent aux colonies, jette le désordre
dans la manœuvre de tous les navires et la peur
dans l'âme de tous les témoins de ces grandes
et terribles catastrophes. A l'instant où la
bourrasque parvenue à son plus effrayant degré
de fureur, chavire avec le bruit et la rage de la
foudre, les arbres et les maisons du rivage pour
les broyer en bloc dans l'écume des lames les plus
belles que j'aie jamais vues de ma vie, je saute
sur la hache du charpentier, et, d'un seul coup,
je tranche moi-même sur les bittes de mon brick,
les câbles qui nous retenaient encore sur le fond.
Les grenadiers espagnols surpris par la promp-
titude de ce tour de gobelet, veulent faire les

bégueules pour exécuter les ordres qu'ils ont
reçus et mettre leur responsabilité à l'abri; un
revers de main envoyé sur chacun d'eux, fait
rouler leurs armes sur le pont, et eux cul par dessus tête avec leurs armes; celles-ci allèrent gar-
nir notre arsenal, et les camarades devinrent des
nôtres, quand le mal de mer qui paralysait leur
vaillance leur permit de prendre du service
avec nous. Vous voyez déjà d'ici ce qui se passa
après ce mouvement qui demanda, pour être
exécuté, moins de temps que j'en ai mis à vous le
raconter. Mon navire, emporté par la tourmente,
disparut entre les lames furieuses qui le bous-
culaient au large en le faisant passer comme un
éclair sous l'eau qu'il fendait avec la rapidité du
tonnerre. Le stationnaire de la rade, déjà
démâté comme un ponton et à moitié sub-
mergé par l'ouragan, nous laissa passer le
long de lui sans nous héler et sans penser
peut-être à nous. Trois heures après mon
départ de racroc, j'étais en haute mer, escorté

et poussé rudement, je vous le certifie, par la bourrasque qui avait si admirablement secondé ma manœuvre. Je n'enverguai mes voiles, et je ne fis enfin mes dispositions d'appareillage, que long-temps après avoir appareillé comme je viens de vous le dire; et ce fut dans les débouquemens seulement, et bien loin déjà de l'île de Cuba, que je profitai du premier temps *maniable* (¹), pour mettre un peu d'ordre à bord du bateau, et un peu de discipline dans le service de l'équipage avec lequel je naviguais pour la première fois.

« Mais quel équipage? je vous le demande! je rougis presque de donner ce nom à la bande de vauriens au milieu de laquelle je me trouvais *affourché* si drôlement. Jamais je crois la mer n'a jeté sur aucune grève une plus sale écume que celle que la prison de Matanzas avait vomie à mon bord. Le bâtiment qui portait au large une aussi noble et si héroïque cargaison ne valait guère mieux lui-même que ceux qui le montaient

I.   9

et qui étaient destinés à le *patiner*. Il faisait de
l'eau comme un panier de choux, mon pauvre
bateau, pour peu que la mer devînt grosse
et que ses façons trop fines commençassent à
plonger sans soutien, dans la lame qu'il recevait
de l'avant, et que toutes les demi-minutes il reje-
tait régulièrement par l'arrière. Enfin, vaille
que vaille, il fallut bien s'accommoder de tout
cela, quoique tout cela ne fût pas très encou-
rageant pour un commencement de croisière, et
pour le chef suprême de l'expédition. Jugez des
embarras de ma position par ce seul fait. En
examinant une à une les physionommies des
lurons qui composaient ma collection de coupe-
jarrets, je fus réduit à choisir dans tout mon
monde un moins mauvais gars que les autres,
pour en faire un second d'occasion, et déverser
sur sa personne une partie de l'autorité qu'il me
fallait avoir sur tant d'illustres subordonnés.
Mes officiers en sous-ordres furent pris parmi
le reste et au hasard, et j'aurais été, je crois,

furieusement en peine de donner la préférence à l'un plutôt qu'à l'autre de tous ces vilains garnemens.

« Quatorze ou quinze jours je balayai la mer sans pouvoir éplucher, dans le tas d'ordures de navires que je chassais devant moi, quelque chose qui valût la peine que je misse un canot à l'eau pour le ramasser. L'ouragan avait si violemment dispersé les nombreux bâtimens que l'on rencontre ordinairement dans ces parages, que je crois qu'ils avaient fini par perdre leur route au milieu du mauvais temps. Enfin, à force de pousser mes bordées quêteuses jusque dans les moindres rochers des débouquemens, j'aperçus cependant un beau jour, à travers le brouillard du matin, un grand trois-mâts qui paraissait s'être jeté sur la queue d'un de ces dangereux îlots entre lesquels il faut faire, pour ainsi dire, l'anguille quand on veut éviter les écueils semés dans le canal de Bahama. En deux ou trois bords pincés délicatement au plus près du vent, je m'approche du navire échoué, avec défiance d'abord et avec curiosité ensuite, tant, à une certaine distance, ce diable de bateau m'avait semblé, je ne sais pourquoi, porter dans sa carcasse et son apparence, quelque chose de mystérieux et d'indéfinissable. Resté en panne à une portée de canon de lui, tout au plus, je l'observe quelque temps avant de me décider à l'accoster, et plus je l'examine et moins je réussis à deviner ce qu'il est et ce qu'il fait là, incliné sans mouvement sur l'écueil où il paraît s'être plutôt posé tranquillement que jeté avec violence.

« La prudence est sans doute une belle chose dans les circonstances incertaines ; mais l'incertitude dans notre métier est bien ce que je connais de plus insupportable et de plus sot quelquefois. Le danger et l'imprévoyance valent cent fois mieux aux marins. Ennuyé de ne pouvoir tirer sur les seuls indices qui s'offrent à moi, aucune conjecture satisfaisante sur le compte de ce ship inconnu, je me détermine, ma foi, arrive

qui plante, à l'aborder pour en avoir le cœur
net, au risque de tomber dans un de ces piéges
que messieurs les pirates de notre profession
ont la générosité de tendre parfois à l'imbécillité
de leurs très-honorés confrères. Vous avez vu
le vorace requin emporté dans le sillage de
votre bâtiment, rôder nonchalamment dans vos
eaux, se tourner sur le dos et se retourner ensuite sur le ventre pour mieux tâter, flairer et
avaler enfin l'hameçon qui va lui déchirer la
mâchoire et les entrailles. Eh bien, moi, sem-
blable au tigre des mers (¹), je commençai en ac-
costant et en observant mon trois-mâts naufragé,
par flairer et tâter ma proie en me retournant
aussi d'un bord et de l'autre avant de mordre à
l'hameçon que la fortune semblait me tendre.
Le navire vu de près, était grand, long et de
belle apparence. Ses voiles un peu déchirées
par les clapotis du vent, sur leurs vergues déso-
rientées, ses manœuvres courantes en *pandille,*
se balançant aux coups de roulis que lui impri-

mait la houle sur les rochers où il s'était flanqué,
indiquaient seules l'abandon dans lequel il devait
se trouver depuis quelques jours... Autour de
lui il y avait assez de fond , pour qu'avec mon
petit navire je pusse le contourner et même l'é-
longer sans aucun danger pour mon brick, dont
le tirant d'eau était beaucoup moins fort que
le sien... Toutes ces circonstances favorables
m'enhardissent. Je fais pousser ma barre au
vent en faisant carguer mes perroquets , et en
amenant mes huniers , pour l'aborder dans les
règles. Mais avant de faire sauter mes gens à
bord, j'ordonne de lui envoyer deux bons coups
de caronade dans les flancs, par précaution. Personne ne répond de son bord à cet appel assez
bruyant et même passablement brutal. Allons ,
dis-je enfin à mes lurons , je vois qu'il faut lui
parler encore de plus près pour entrer en conversation avec lui. Préparez-vous à tomber sur le
pont comme si nous avions affaire à un vaisseau
de la compagnie , couvert de fer et de monde ;

c'est un exercice d'abordage que nous aurons fait,
s'il n'y a rien à tailler et à enlever le briquet à
la main, sur les gaillards de cette grande coquine
de carcasse. Tout le monde à son poste, et attention au commandement! Vous eussiez ri de
voir tous mes échappés de prison se tenir
raides sur mes bastingages, le coutelas entre les
dents et le pistolet au bout des doigts, prêts à
s'élancer, comme les plus braves matelots, à
bord du malheureux *Tourlourou* (³), où ils se
doutaient bien, les canailles, qu'il n'y avait pas
de côtelettes de forbans à découper. De véné-
rables flibustiers de vingt ans de service, n'auraient pas eu l'air plus terrible dans ce moment
là, que toutes ces mateluches que j'allais, selon
toute probabilité, lancer à un abordage sans
danger et à une conquête sans gloire. Tous mes
préparatifs belliqueux ainsi faits, j'élonge par
la hanche d'arrière mon grand compère de trois-
mâts, pour lui revenir ensuite par le flanc, de
manière à me ranger avec le peu d'aire qui me

reste, bord à bord avec lui... Mais en passant sous sa poupe pour exécuter cette manœuvre toute simple, un nom singulier, écrit en grosses lettres de cuivre sur son arrière, vint me frapper presque de peur ou tout au moins d'étonnement... Je lus sur la partie du tableau où s'écrivent toujours les noms des navires, ces mots étranges: NE TANGE, *n'y touche pas;* car il faut vous dire que je me rappelai encore assez le peu de latin que j'avais essuyé sur les bancs de mes classes, pour traduire sur-le-champ, et sans consulter le dictionnaire, cette phrase impérative. Si les misérables gourgandins que j'avais pour équipage, avaient été aussi versés dans la *haute latinité*, et qu'ils eussent pu connaître ces deux mots, le diable peut-être ne les aurait jamais décidés à sauter à bord du NE TANGE qu'ils auraient regardé comme un navire sacré ou une carcasse maudite. Mais les cinq ou six mauvais garnemens qui seuls savaient lire parmi tous ces pendards, se mirent à dire à leurs cama-

rades en épelant les lettres du nom du trois-
mâts : Tiens ! le drôle de nom pour un navire !
Ne Tange! c'est comme qui dirait ne *tangue pas*.
C'est apparemment un u , faisaient observer les
plus savans , que le peintre qui a barbouillé ce
nom et qui n'était ni marin ni malin , le pauvre
b... avait oublié de mettre au mot *tange* pour
faire TANGUE. — Et le mot PAS qui n'y est *pas ?*
faisait observer un autre érudit. — Bah ! répli-
quait un troisième philologue , c'est que le
PAS qui était en dernier sur l'écriteau , sera
tombé à la mer dans les coups de talon du navire ;
sans cela , vous voyez bien que ça ferait justement NE TANGUE PAS, et non pas NE TANGE!...
Mais, disaient les uns et les autres , vois-tu cette
idée de commander à un navire *de ne pas tan-*
guer ! Le diable qu'il *tanguerait* à présent que
le voilà mouillé par la quille sur ce banc de
cailloux , d'où l'ante-Christ , tout malin qu'il
est , ne pourra jamais le faire parer. »

« L'ignorance de mes traducteurs du gaillard

d'avant assura le succès de la manœuvre que j'a-
vais ordonnée, et qu'ils n'auraient jamais voulu exécuter, peut-être, s'ils avaient pu deviner la signi-
fication du nom terrible du trois-mâts que j'allais
aborder. La superstition aurait été plus forte chez
eux, à n'en pas douter , que l'obéissance que
j'aurais voulu exiger de leur dévoucment. Bref,
j'accostai de bout en bout mon mystérieux navire,
pour en finir par quelque chose. La solitude
la plus effrayante et le silence le plus sinistre
régnaient à son bord. Un grand coup de roulis,
que lui fit donner la lame au moment où je com-
mandais l'abordage , interrompit seul le silence
que je remarquai autour de lui, et vint déranger
l'équilibre des premiers de mes hommes qui cher-
chaient à s'élancer en *vrac* sur son pont. Ce mouvement inattendu du bâtiment échoué me laissa
voir des flots de sang ruisseler à la mer, des dallots,
percés sur le côté par lequel je m'élançai... Mes
gueux de matelots , si cranement disposés quelque temps auparavant à bondir sur les bastin-

gages, reculèrent d'effroi à ce spectacle terrible...
Moi-même je fus obligé, pour leur redonner
un peu de montant au cœur, de sauter à leur
tête, à bord du navire qu'ils n'osaient ni regarder en face, ni attaquer debout en corps. Mais
quel aspect me présenta le gaillard d'arrière de
ma facile capture! Vingt à vingt-cinq cadavres,
tout saignans encore, couchés les uns à côté des
autres; les uns la bouche béante, les autres le visage collé sur le tillac, étaient là étendus pêle-
mêle au milieu d'un tas d'armes brisées, de morceaux de membres hachés et de lambeaux de
chairs noircies au soleil. Sur le corps d'un des
morts, j'aperçus un gros chien dont la tête avait
été tranchée près de l'homme qui sans doute
avait été son maître, et qui paraissait avoir été
le capitaine de ce malheureux trois-mâts... Quelques-uns des soldats espagnols que j'avais enlevés de Matanzas reconnurent, en arrêtant
leurs regards effrayés sur la figure des victimes
de ce carnage encore récent, cinq à six matelots

pirates qu'ils se rappelaient avoir vus à la Havane. Les autres morts nous semblèrent, à leur mise et au caractère qu'offrait encore leur physionomie, être des marins anglais ou américains... Je me hâtai, pour ne pas perdre de temps, et pour être fixé sur le parti que je pouvais tirer de cet évènement, de visiter moi-même, et de faire visiter par mes gens, la chambre et la cale du trois-mâts : il était chargé de sucre et de café. Les papiers trouvés dans la cabine du capitaine m'apprirent qu'il était parti de la Havane, pour se rendre à Salem, port du nord-Amérique, où il avait été armé. Toutes les conjectures que nous pûmes former sur les autres indices que nous avions sous les yeux, se réunirent pour nous faire supposer que le *Ne Tange*, forcé de s'échouer sur les brisans pour échapper à la chasse de quelque petit forban, avait ensuite été réduit dans cette position désespérée à résister à l'attaque obstinée de ses assaillans, et que ceux-ci, inquiétés, troublés eux-mêmes par l'arrivée inat-

tendue d'un croiseur, s'étaient vus à leur tour
contrains de lâcher leur proie en laissant les
corps de plusieurs des leurs auprès des cadavres
des pauvres diables qu'ils venaient de massacrer
si impitoyablement.

— Les gredins de gueux! s'écria Bastringue
emporté d'indignation à ces derniers mots.

— Mais qui appelles-tu ainsi, des gredins de
gueux? lui demanda froidement Salvage, en inter-
rompant son récit.

— J'appelle des gredins de gueux, reprit Bastringue, ceux-là, n'importe lesquels, qui avaient
écouvillonné l'équipage américain; car ce ne pouvait être autre chose que des gredins première-
ment, et des gueux en même temps. Tuer des hommes qui sont de force avec vous, c'est bien pour
hâler dedans ensuite ce qu'ils peuvent avoir de
bien dans leur sac; mais raser radicalement la
vie à dix-huit ou vingt pauvres bigres, pour ne
pas prendre ce qu'ils ont, et les exterminer pour
rien du tout, ce n'est pas là agir en matelots,

mais c'est se comporter en gueusards et en tas
de gredins. Je ne m'en dédis pas, et c'était uni-
quement des gredins de gueux, tout ce qu'il y
a enfin de plus gueux et de plus gredins parmi
les uns et les autres.

— Hélas ! répondit Salvage au beau mouvement de générosité de son compère, nous ris-
quons bien de n'être ni moins gredins, ni moins
gueux, puisque c'est le mot, que ceux contre
lesquels ton honnête courroux vient de s'allu-
mer si subitement, mon pauvre Bastringue ! Mais
revenons au point principal de notre affaire, en
laissant de côté, pour un moment, les accessoires de la sensibilité.

« Comment cependant, me disais-je, en suppo-
sant que les pirates aient été forcés d'abandonner ce riche bâtiment, peut-on admettre qu'ils
aient renoncé à revenir plus tard à bord
pour s'en emparer ? car enfin, il est encore en
aussi bon état qu'il est possible de le désirer.
D'un autre côté, comment supposer aussi, que si

un croiseur est parvenu à éloigner du trois-mâts
le forban qui s'en était rendu maître, ce croiseur
ait été assez complaisant pour ne pas mettre la
patte sur la proie qu'il aura réussi à retirer de
leurs griffes? Quelle raison a donc pu engager
les derniers capteurs, quels qu'ils fussent, à lâcher ainsi leur capture? Auraient-ils trouvé à
bord une bonne somme d'argent dont ils se sont
contentés, comme, sur la grande route, des brigands se contentent de prendre la bourse du
voyageur à qui ils laissent dédaigneusement sa
cariole ou son cheval?..... En raisonnant de la
sorte, je me perdais dans un labyrinthe de conjectures et de suppositions vagues, sans pouvoir
tomber sur une hypothèse qui pût lever toutes
les objections et résoudre tous mes doutes. Bah!
au surplus, m'écriai-je fatigué de chercher vainement le mot de cette énigme, je me trouve bien
bon de me casser la tête de toutes ces choses
qu'il m'est si peu utile de deviner, tandis que je
puis employer mon temps à faire l'ample curée

que le sort semble m'offrir de si bonne grâce!...
Attrape à élonger une ancre au large, ordon-
nai-je à mes gens, et tâchons de renflouer vivement ce grand magasin à sucre et à café qui
ne fait pas une seule goutte d'eau. Une fois à
terre, nous retirerons plus de demi-tasses de son
ventre, que nous ne pourrons en boire toute notre
vie. C'est une tasse de café qui est assurée pour
retraite à perpétuité à tout l'équipage.

« Avant de procéder à cette opération, que le
beau temps de la journée et la douceur de la
brise favorisaient également, je jugeai à propos
de faire disparaître de dessus le pont du *Ne
Tange*, les cadavres hideux qui l'encombraient et
les taches de sang caillé qui l'avaient rougi de
manière à lui donner la teinte d'un pont bordé
en planches d'acajou. Je savais, par ma propre
expérience, que rien n'est mieux fait pour amol-
lir les courages les plus fortement trempés, que le
spectacle de toutes les horreurs qui suivent un
combat. Mettez, avant une action sanglante, sous

les yeux du plus vaillant équipage, les têtes en
marmelade, les bras et les jambes hachés me-
nus, qui seront flanqués de côté et d'autre après
l'engagement, et vous verrez si, pour commencer
le charivari, vous trouverez des cœurs bien disposés à la besogne... Je fis donc laver et nettoyer
mon pont, de tous ces terribles lambeaux de chairs
humaines, en me disant, à chacun des morts que,
par mesure de prévoyance, je faisais envoyer par
dessus le bord : Dans une heure ou deux, il est possible que le gâchis dont tu cherches à leur épargner
la vue, recommence sur le gaillard d'arrière que
tu veux rendre propre comme un petit bijou ; et
il est bon que les mâles dont tu es exposé à avoir
besoin pour défendre ton bâtiment trouvé, ne se
rappellent pas trop ce qu'il en coûte pour faire
galamment les vilaines choses de notre horrible
métier.

« Le bon nez, vertudieu, que j'eus, mes amis, en
prenant ainsi à l'avance mes petites précautions !
car pendant que je m'imaginais n'avoir qu'à me

I.   10

baisser pour ramasser ma trouvaille de navire, il
en cuisait pour moi au large, et de dures, je vous
en réponds , comme vous allez bientôt le voir...
Mais n'engantons pas trop sur les évènemens, et
ne filons pas en grand le câble de notre discours,
avant de laisser tomber notre grande ancre sur
le fond des choses qu'il me reste encore à vous
raconter.

« Je crois vous avoir déjà dit que c'était le
matin que j'avais abordé mon trois-mâts abandonné. La journée était calme; elle devint chaude
et accablante vers le midi , et le soleil tombant
d'aplomb sur la tête de mes hommes qui s'occu-
paient d'envoyer à l'eau les derniers sacs de café
pour finir d'alléger la barque, ne leur permettait
guère de mener vite un travail cependant si
pressé. Pour être plus sûr de n'être pas pris à
l'improviste par les croiseurs qui pourraient venir contrarier mon déchargement en pleine mer,
j'avais eu la prévoyance de faire monter au haut
de la mâture du *Ne Tange*, les trois lurons qui

passaient pour avoir les meilleurs yeux sans lu-
nettes, de tout mon équipage. Vers trois heures
de l'après midi, un de ces oiseaux de mauvais
augure perché en vigie sur les barres du grand
perroquet, me prévint qu'il croyait apercevoir
un petit point noir sur la bande éblouissante que
les rayons du soleil formaient au large dans le
sud-ouest de l'horizon. Je monte à l'instant même
à côté de ma sentinelle avancée qui m'indique du
doigt derrière nous, l'objet presque impercepti-
ble encore, sur lequel mes yeux se sont arrêtés avec
inquiétude, car je m'imagine comme lui voir ce
qu'il a cru voir; un petit point noir roulant à la
houle sous la masse de gerbes étincelantes qui
inondaient la mer dans la direction signalée à
mon attention. Diable ! me dis-je, en redescen-
dant sur le pont tout préoccupé de cette découverte nouvelle, si c'est là un compagnon de flibuste
qui nous arrive, nous n'avons guère de temps à
perdre pour nous disposer à lui brûler la politesse
et la moustache... Et aussitôt, à grands coups de

moques de rhum, je vous donne un supplément
de cœur au ventre, à tous mes paresseux qui s'em-
plissent de courage et d'ardeur à mesure que mes
moques se vident. En quelques heures les deux
tiers de notre cargaison trop lourde sont culbu-
tés, coulés le long du bord, et je sens, en res-
pirant avec bonheur, le navire allégé, commençant à flotter sous mes pieds impatiens.......
Il était temps! Le soleil en se hâlant dans
l'ouest et en se dérobant à nos regards, derrière un rideau de gros nuages qui s'élevaient
lentement au dessus de l'horizon, me laisse voir
en plein et reconnaître pour un bel et bon navire, le point noir que j'avais eu peine d'abord à
apercevoir au loin... Un coup de longue-vue
m'apprit bientôt que c'était un schooner qui
m'était apparu sous cette forme si aérienne, si
indécise, et quelques minutes après un autre
coup de lunette me permit de distinguer qu'au mât
de perroquet de ce navire, flottait au souffle de la
brise renaissante, un long et large pavillon vert.

« C'est le schooner de Cotumbo, c'est Cotumbo ! s'écrièrent ensemble, en m'entendant
faire cette remarque, les soldats havanais que
j'avais enlevés de Matanzas. C'est lui, c'est Cotumbo ! Nous l'aurions reconnu sans ce signal
même, rien qu'à ses voiles blanches et à la pente
de ses bas-mâts tombant sur l'arrière ! »

« Cotumbo ! me dis-je à ces mots ! Mais c'est
donc le ciel qui me l'envoie. Oh ! il y aura dans
cette rencontre, mort pour lui ou mort pour
moi, et ce sera mort pour lui, si j'en crois
l'ardeur qui m'anime. »

« Mes gens, dont j'avais été jusque-là forcé
de gourmander la paresse, palpitent d'ardeur à
l'approche seule du danger qui vient stimuler
leur courage. Je redouble d'impatience, ils re-
doublent de vigueur, sans que j'aie besoin cette
fois de faire passer dans leur âme, les émotions
violentes qui m'agitaient moi-même. Elles y
étaient déjà passées tout entières ces émotions
si vives, tant il y a de sympathie dans les

momens d'espoir ou de danger, entre le chef
qui commande, et les hommes qui doivent lui
obéir pour arriver ensemble au même but.
Avant que la nuit enfin vint s'abaisser et s'é-
tendre sur les flots tranquilles, le trois-mâts, si
promptement allégé, roulait d'un bord et de
l'autre sur sa quille franchie et tanguait libre-
ment sur le cable que j'avais fait élonger au
large de lui. Le schooner de Cotumbo, sur lequel je pouvais désormais concentrer toute mon
attention, approchait au moyen des avirons
qu'il avait bordés pour nager vers nous, au sein
du calme plat que le soleil couchant avait laissé
sur la molle et paisible surface de la mer. J'ordonne, en voyant ainsi l'ennemi forcer de rames,
j'ordonne à mon second d'aller, sans perdre de
temps, se nicher comme il pourra avec mon
corsaire, sous l'une des petites îles boisées qui
n'étaient qu'à une portée de fusil de notre
prise. Je ne garde avec moi qu'une quarantaine
d'hommes assez déterminés pour que je puisse

compter un moment sur eux, et mon léger corsaire s'éloigne du *Ne Tange* en faisant route de
façon à se tenir toujours masqué à l'abri du
trois-mâts, par rapport au schooner qui continue à nous tomber rondement sur le corps.
Cette manœuvre exécutée comme je désirais
qu'elle le fût, il ne me restait plus qu'à prendre quelques petites dispositions intérieures, et
qu'à préparer convenablement mes quarante
drôles à recevoir avec les honneurs de la guerre,
les brigands que l'imbécile Cotumbo semblait
vouloir nous amener sous la patte. Chacun
de mes compagnons d'embuscade reçut de mes
mains un pistolet chargé à deux balles, et un
coutelas bien affilé des deux côtés du tranchant,
car cinquante à soixante de ces coutelas avec
lesquels on fauche les cannes à sucre dans les
colonies, étaient les seules armes blanches que
j'eusse trouvé à me procurer à Matanzas. Ainsi
armés, pour ne combattre que corps à corps, et
barbe à barbe, nous allons tous nous fourrer, nous

blottir sous le tillac, espèce de trou à rats
que le trois-mâts avait sur son gaillard d'avant ;
et pour mieux cacher encore aux assaillans
imprévoyans que nous attendons , le piège
meurtrier dans lequel nous voulions les faire
culbuter pour n'en plus sortir , nous avons la
précaution de masquer l'entrée du tillac qui
nous abrite, par une pile de sacs de café arrimés
à l'ouverture de ce trou, comme ils auraient pu
l'être avant l'échouage du navire déjà encombré
de marchandises.

« Les dernières lueurs du jour venaient de
s'éteindre sur l'horison affaissé par les chaudes
vapeurs du soir : autour de nous s'étendait cette
clarté douteuse qui descend dans les nuits cal-
mes, du ciel étoilé des colonies , sur les flots
miroités de ces mers à peine houleuses. Mes
hommes, en voyant le soleil se coucher au milieu des nuages resplendissans , m'avaient fait
remarquer qu'il se couchait en même temps que
nous; mais que nous vous lèverions plutôt et plus

vivement que lui. Assez causé comme cela, avais-
je dit à mes faiseurs d'esprit. C'est du silence
qu'il nous faut maintenant, et non pas des pointes. La première bouche qui s'ouvrira sans
mon commandement, aura dit son dernier mot
et poussé son dernier soupir !

« Le silence qui régna dès ce moment,
parmi nous et au large , n'était plus troublé que
par le clapotis des rames du corsaire de Cotumbo
qui s'avançait à sa perte à grands coups d'aviron
au milieu du calme des flots, du repos des vents et
de l'air. Seulement, de temps à autre aussi,
mais à de longs intervalles cependant , le cri
rauque des oiseaux perchés dans les arbres des
ilots voisins , se faisait entendre à nous pour aller
se confondre avec le murmure de la houle paresseuse qui semblait s'endormir au loin après
avoir caressé doucement la flottaison du navire
où nous veillions. Tout enfin était muet , paisible et serein dans cette nuit délicieuse. Nos
cœurs seuls à nous étaient agités et battaient

avec violence dans nos poitrines haletantes ; car
pressés les uns contre les autres comme nous
l'étions, il nous était facile de sentir nos artères
et nos cœurs palpiter comme si tous nous avions
eu la fièvre chaude et le délire dans le sang.

« Je ne saurais aujourd'hui vous peindre le
sentiment que j'éprouvai alors. C'était, je crois,
une joie d'enfant, mêlée à une sorte d'effroi,
de l'irritation, de la fureur, du plaisir, et de
la soif de quelque chose d'inconnu. J'avais besoin et je craignais de respirer : mes mains
étaient brûlantes sur les froides armes qu'elles
pressaient en frémissant de je ne sais quoi. Une
demi-heure de ce supplice ou de cette ivresse,
nous aurait tous rendus stupides ou fous.

« Nous ne vîmes pas, mais nous sentîmes enfin le corsaire de Cotumbo nous approcher,
comme si nous l'avions vu, comme si nous l'eus-
sions touché, tant nos sensations étaient vives
et sûres en ce moment d'attente et d'anxiété. Le
son d'une voix lente et forte vint frapper mes

oreilles avides, et porter dans mes entrailles, le
redoublement de la fièvre qui me dévorait déjà.
C'était la voix de Cotumbo! Il hélait en espagnol et au porte-voix, monté sur son bastingage,
le navire où nous étions, et dont nous allions lui
faire un tombeau. Il cria, et je crois encore en
cet instant entendre le son de sa voix : Oh! du
trois mâts, quel est votre nom? Y a-t-il quelqu'un à bord ! » Pas un souffle ne lui répondit.
On aurait entendu une mouche voler, entre lui
et nous, et le corsaire touchait déjà avec le roulis,
notre navire silencieux et devenu immobile
comme le calme qui l'entourait en cet instant.

« Et quel instant, je vous le demande, à
vous qui avez éprouvé tout cela? Le schooner
avait levé et rentré ses avirons à deux brasses de
distance de nous. Jugeant que le trois-mâts était
abandonné, Cotumbo se décida à l'élonger de
bout en bout comme je l'avais fait moi-même
le matin. Les brigands du schooner, groupés,
grimpés dans les enfléchures de leur corsaire,

n'attendaient que l'instant favorable pour s'élancer à notre bord les armes à la main. Ils sautent,
ils ont sauté sur notre pont en poussant un hur-
lement de joie et de victoire ! Ils flairent, tou-
chent, visitent tout ce qui s'offre à leurs yeux
flamboyans, tout ce qui embarrasse leurs pas
incertains et précipités !.. Le moment de profi-
ter de cette lueur d'ivresse et de confusion, est
arrivé pour nous : malheur à eux ! J'ordonne
à deux de mes matelots de s'affaler par l'avant
de notre trois-mâts, la hache à la main, une
corde sous les aisselles, et puis une fois descendus jusqu'à la flottaison du schooner, de faire
sauter deux ou trois bordages du navire ennemi.
J'entends, en tressaillant de bonheur, les coups
de hache de mes deux charpentiers s'enfoncer
dans les bordages du schooner ; le bruit sourd
de ces coups destructeurs se confond pour les
oreilles des brigands de Cotumbo, avec le tapage
infernal qu'ils font eux-mêmes en parcourant en
désordre le pont, la chambre et l'entre-pont du

bâtiment qu'ils se disposent à piller... le sort en est jeté... *A nous, enfans, et feu dessus*, m'écriai-je, et tous nous bondissons avec rage face à face des forbans surpris et dispersés. Chaque coup de pistolet abat son homme ; chaque coup de coutelas fait rouler une tête à nos pieds. Les brigands plus nombreux résistent ; mais nous, mieux réunis et mieux préparés à l'attaque qu'ils ne sont disposés à la défense, nous les accablons d'une grêle de coups aussi pressés que bien assurés. Je cherche, j'appelle Cotumbo dans l'horreur de la mêlée ; un des bandits, le plus furieux de tous, répond à mon appel en s'écriant barbe à barbe : *A nous deux, Salvage! et pas de quartier!* Tous deux alors, au milieu du carnage, nous nous jetons l'un sur l'autre avec la rage du désespoir et la soif de la vengeance. Mon sang jaillit le premier sous le tranchant du sabre de mon adversaire... mais le misérable roule à l'instant même sous moi pour se relever et retomber en poussant un gémissement affreux,

sur les cadavres des pirates qui ont voulu nous
résister les derniers... Le schooner sur lequel
se sont jetés les vaincus épouvantés, coupe
précipitamment ses amarres, pour s'éloigner de
mon trois-mâts ; mais une pluie de grenades en-
flammées que je fais rebondir sur son pont encombré, achève de porter l'effroi dans cet équipage de fuyards déjà à moitié écharpé. Un long
cri de terreur m'annonce en cet instant même
le succès de ma première tentative... *Nous coulons, nous coulons bas*, braillent ensemble
les brigands terrifiés. Les bordages que j'a-
vais fait sauter sur l'avant de la flottaison de leur
navire, venaient de *larguer* en grand, et pendant que leur schooner s'abîme sous leurs pas
tremblans, une nouvelle grêle de grenades
ardentes éclate sur leurs têtes bouleversées...
Puis, pressé, serré entre l'eau qui le gagne et le
feu qui le dévore, le schooner, à moitié sub-
mergé et à moitié incendié, dérive au large en
faisant deux ou trois tours sur lui-même ; et une

minute après avoir pirouetté comme une trombe
de flamme, il fait un trou dans la mer en ne laissant qu'une trace de charbon éteint sur les flots,
un remoux, au dessus de lui, et une odeur de
bois brûlé dans l'air au sein duquel il vient de
se consumer.

« Pas un des quatre-vingts ou cent chenapans
qui montaient la barque, ne tenta de nous apporter à la nage les nouvelles de la peur que je
venais de leur faire. Ils prévoyaient tous trop bien
l'accueil que je réservais à d'aussi intéressans
naufragés qu'eux, pour se hasarder à accoster
mon bord plutôt qu'à faire un plongeon éternel
avec leur défunt navire. Le parti le plus simple
qui leur restât à prendre était de boire un coup
définitif après avoir été grillés à moitié par mes
grenades et l'incendie du bateau; et ce parti
tout naturel, ils l'avaient pris...

« Le corps de Cotumbo cependant m'était
resté sur le pont comme le plus noble trophée
de ma victoire, avec le sabre dont il s'était si

bien servi pour me couper la figure, et dont le
gouverneur de Matanzas lui avait fait présent
pour me décoller la tête. Je gardai le sabre et
les armes du vaincu, en ordonnant que son cadavre fût envoyé par dessus le bord sans plus de
cérémonie avec les carcasses de ses dignes compagnons de gloire. Les requins que l'odeur du
carnage avait attirés le long du *Ne Tange*, se
chargèrent probablement du soin de l'inhuma-
tion de tant d'illustres victimes.

« Je vous laisse à penser, après une victoire
aussi complète, l'ardeur que je trouvai dans
le cœur de mes gens, quand il ne fut plus question que de hâler tranquillement au large et
d'appareiller notre trois-mâts relevé de la côte !
En peu de temps mon corsaire la *Padilla* que
j'avais envoyé se cacher pendant l'action sous
les massifs d'arbres des îlots voisins, nous rallia
pour seconder notre mouvement et pour jouir
du plaisir de nous voir vengés et victorieux
du redoutable Cotumbo. Le schooner ennemi

coulé et notre trois-mâts renfloué étaient
les fruits de cette mémorable journée ; aussi
quels cris d'enthousiasme, quels hourras délirans
allèrent troubler les airs tranquilles, pendant la
manœuvre qu'il nous fallut faire pour nous
dégager de l'heureux embarras que nous donnait
encore notre prise ! Tous les aras, les perroquets,
les singes et les oiseaux de proie que nos rudes cla-
meurs allaient épouvanter dans les bois des petites
îles dont nous étions environnés, semblaient
maudire notre joie en unissant leurs cris
sauvages à nos hurlemens d'ivresse. C'était un
tintamarre infernal à réveiller les morts que nous
avions expédiés le long du bord. »

Ici le capitaine Salvage s'arrêta pour se reposer
quelques minutes. Pendant ce temps maître
Bastringue et frère José se livrèrent à divers
commentaires sur le récit de leur collègue,
suivant la nature de l'impression que ce récit
avait produite sur chacun d'eux, l'un avec
l'abandon qui lui était ordinaire, l'autre avec

la prudente réserve que j'avais déjà remarquée
dans tous ses mouvemens et son attitude. Le
capitaine, après avoir fait deux ou trois tours de
promenade dans le sens de la plus grande
longueur de l'appartement, reprit ainsi le cours
de sa narration :

« Ce double succès une fois obtenu et assuré,
il ne me restait plus qu'à pointer les pièces de
ma batterie pour parvenir au résultat que je
devais me proposer ultérieurement : celui de
loger ma prise dans un port où elle pût être
vendue avantageusement, et de ramener mon
corsaire dans un lieu où l'on ne penserait pas trop
à me chicaner sur la naturalisation un peu douteuse de mon pavillon. Je me décidai, toute
réflexion faite, à expédier le trois-mâts sur
Porto-Cabello, et à l'escorter pendant quelque
temps pour me rendre ensuite moi-même à l'île
cosmopolyte de la Marguerite. »

Au nom de cette dernière île, maître Bastringue

ne put s'empêcher de s'écrier, avec une sorte de satisfaction et de surprise :

— A la Marguerite? Ah bien, bigre ! tant mieux ! c'est justement là qu'avait armé le grand brick que j'ai soutiré aux Indépendans ! Mais va toujours ton train, Salvage, j'aurai aussi un mot à vous dire sur cette farceuse d'île contrebandière de la Marguerite.

Le capitaine, sans chercher à pressentir ce que pouvait signifier cette exclamation soudaine, continua en ces termes :

« La détermination dont je viens de vous parler, m'était suggérée au surplus par l'état d'affaiblissement numérique de mon équipage avec lequel je sentais bien qu'il me serait devenu bientôt dangereux de m'obstiner à tenir plus long-temps la mer. Forcé de détacher de mon bord pour les faire passer sur le *Ne Tange*, vingt-six de mes hommes, je ne comptais plus autour de moi qu'une trentaine des renégats dans la résolution et l'énergie desquels je n'avais pas placé une confiance assez illimitée, pour qu'elle pût me donner l'envie de courir de nouvelles aventures en si belle compagnie.

« Je mis donc le cap au sud, et j'ordonnai à ma prise d'imiter ma manœuvre et de suivre ma route, jusqu'au moment où je jugerais convenable de la laisser toute seule poursuivre son petit bonhomme de chemin.

« Pendant deux ou trois fois vingt-quatre heures nous naviguâmes ainsi de conserve, sans qu'aucune contrariété ni aucun événement remarquable vînt signaler notre marche et troubler notre sécurité. Vers le quatrième jour seulement de cette paisible et innocente traversée, un gringalet de bateau espagnol, gréé en goëlette, eut la maladresse de venir, tout en filant deux ou trois quarts plus au vent que moi, se flanquer en travers sur ma route. Quelques-uns de mes gens s'imaginèrent reconnaître cette légère embarcation pour un caboteur qu'ils avaient vu plusieurs fois à Matanzas : ils me nommèrent même l'embarcation et le patron qui devait la commander. Je hélai par désœuvrement plus encore que par défiance ou curiosité, la goëlette rencontrée dès qu'elle se trouva à portée de voix de mon corsaire. L'animal de patron à qui je n'aurais jamais songé s'il avait continué paisiblement sa bordée sans m'accoster de trop près, répondit aux différentes questions que je lui adressai, qu'il était effectivement de Matanzas, que sa petite barcasse se nommait la *Casilda*, et qu'il s'en retournait à son port d'armement avec une cargaison de sel qu'il avait chargée à fret aux îles turques (¹).

« Encouragé, par ces renseignemens qui pouvaient me devenir utiles, à poursuivre le cours de mon interrogatoire, je demandai encore à ce bavard, s'il avait quitté Matanzas avant ou après le coup de vent qui m'avait forcé de décamper de la rade, et il me répondit qu'il n'y avait que fort peu de temps qu'il était lui-même parti du port de Matanzas. — Et qu'y avait-il de nouveau

dans le pays à ton départ? criai-je à mon marchand de sel.

— Pas grand'chose, mon commandant, me
répondit-il, rien même qui soit digne de fixer
votre attention, si ce n'est cependant que le
seigneur gouverneur pour S. M. très-catholique,
que Dieu conserve, devait se marier, et que l'on
préparait à cette occasion à Matanzas, les fêtes
peut-être les plus brillantes qu'on ait encore
vues dans toute l'île de Cuba.

— Et avec qui, ou contre qui? lui demandai-
je alors, va donc se marier le seigneur gouverneur de Matanzas?

— Mais, seigneur capitaine, avec la belle et
illustre senora Padilla de Vasconcellos y-Souza
y-Porto-Bandeira-y-Pabellion del sol y todos
austros, etc. C'est déjà un bruit universel que
ce mariage.

— Et à quel jour est fixée l'auguste cérémonie?
ajoutai-je du ton le moins ému qu'il me fut pos-

sible de prendre en lui adressant cette nouvelle question.

— Au quinzième jour du mois bienheureux dans lequel la céleste Providence nous fait la grâce de nous laisser vivre encore aujourd'hui.

— Mais es-tu bien sûr de la date et de la nouvelle que tu m'annonces?

— Sûr, seigneur capitaine, comme de l'immaculée conception de la Très-Sainte-Vierge Marie qui intercède au ciel pour les pauvres pécheurs comme moi.

« Sans donner à mon cagot de patron le temps de me défiler sa kirielle de protestations plus ou moins orthodoxes, je combine de suite mon affaire et le plan qu'il me convient d'adopter, plan ma foi digne de la galanterie de ces anciens chevaliers errans, avec lesquels, sans trop de vanité, nous pouvons nous flatter, nous autres corsaires, d'avoir plus d'un trait de ressemblance, car ces nobles aventuriers vengeaient, s'il m'en souvient, l'opprimé en dévalisant l'oppresseur,

tandis que nous autres , mieux avisés qu'eux ,
nous détroussons à la fois l'oppresseur et l'opprimé pour ne pas faire de jaloux. Je jurai d'abord
mes grands diables , que jamais Padilla ne serait
la femme du gouverneur , et que les piastres et
la fiancée du vieux singe ne tomberaient jamais
dans d'autres mains que les miennes. J'ordonnai
provisoirement ensuite au patron de la goëlette,
de passer à mon bord avec son petit équipage,
et de me céder son embarcation , moyennant
une indemnité que je lui promis , et que je ne
déterminai pas , faute du temps nécessaire
pour penser à tout. L'offre parut d'abord dé-
plaire à mon dévot , et le maroufle fit un peu le
boudeur , autant que je puis me rappeler aujour-
d'hui la grimace qu'il fit alors. Mais comme il
put bientôt mesurer l'inutilité de sa résistance
sur la force des argumens que j'avais à ma disposition , et dans ma batterie , il finit par se
rendre d'assez bonne grâce à la solidité de mes
raisons , si ce n'est à la persuasion de mon élo-

quence. Me voilà donc après avoir pris avec moi
les douze moins mauvais garnemens de mon
équipage, passé à bord de la *Casilda*, et envoyant les hommes et le patron de la *Casilda*
nous remplacer à bord de mon brick. J'avais,
avant d'opérer ce changement de front, solen-
nellement installé mon second dans le commandement du corsaire, en lui intimant l'ordre
d'aller m'attendre à la Marguerite, pendant que
la prise que nous devions escorter un bon bout
de chemin, ferait voile pour Porto-Cabello.
C'étaient là, comme vous vous l'imaginez bien,
de petits détails d'exécution qui devaient con-
courir à l'ensemble de mon plan, et qu'il était
urgent de ne pas négliger.

« Pour moi, nouveau capitaine de mon bateau
chargé de sel, je ne songeai plus, les choses ainsi
faites, qu'à cingler à toc de voiles sur Matanzas,
où il m'importait tant d'arriver avant le 15 du
mois fatal, où la céleste Providence nous faisait la
grâce de nous laisser vivre. Notez bien, je vous

prie, cette dernière date du 15 du mois : elle
vous deviendra nécessaire pour l'intelligence
des faits que je me propose de vous mettre
scrupuleusement sous les yeux.

« Mes prévisions et mes espérances ne furent
ni trompées ni déçues... Vers le milieu du
quatorzième jour du mois, je mouillai, crâne
comme Artaban, à peu de distance de Matanzas,
et à l'ouvert d'une petite crique d'où l'on eut
l'excessive complaisance de reconnaître ma
goëlette escamotée, pour le petit bâtiment caboteur habitué à hanter, comme c'était vrai, les
parages de l'île de Cuba. Le soleil, ce jour-là,
était brûlant, plus brûlant même qu'il ne l'est
ordinairement après son passage au méridien
dans la saison accablante de l'hivernage. On n'aper-
cevait à terre sur le rivage et hors des maisons,
ainsi que le disent proverbialement les judicieux
Espagnols, que des chiens et des Français, et ce
fut justement ce moment opportun que je choisis
pour débarquer sur la côte, sept des lurons de

mon équipage , sans avoir à redouter la curiosité des flâneurs ou l'indiscrétion encore plus
redoutable des gardes de la douane. La route qui
conduisait de la côte à Matanzas, était droite et
belle, mais chaude et poudreuse en diable. Nous
la prîmes sans hésiter, et nous la suivîmes avec
résolution en soufflant de toute la force de nos
poumons fatigués, et en courant de toute la
vitesse de nos jarrets, ni plus ni moins que des
chiens de chasse lancés sur la trace du gibier ;
et au bout d'une heure de promenade au pas
accéléré, nous eûmes le bonheur d'apercevoir
le faubourg de cases à nègres de la superbe cité,
dans laquelle nous nous proposions de faire
incognito notre entrée fort peu triomphale. Dès
mon arrivée dans cette ville fameuse, où je ne
m'insinuai qu'avec toutes les précautions qu'il me
fallait prendre pour n'être reconnu d'aucune de
mes anciennes et mauvaises connaissances, j'allai
trouver un vieux juif que j'avais entendu vanter
pour un fripon assez accommodant sur toutes sortes

de très-vilaines choses. Il y a, vous le savez, sur
toute la superficie de notre terrestre globe, une
fourmillère de juifs que la Providence semble
y avoir répandue comme l'ortie ou la graine du
poil à gratter, dont il lui a plu d'ensemencer
les meilleures terres. Mais partout aussi, la Providence, qui a voulu qu'il y eût éternellement
des juifs à côté de nous, a permis que ce fussent
les meilleurs enfans du monde, moyennant l'intérêt légal de cinquante ou soixante pour cent
qu'ils se plaisent à prélever sur toutes les opéra-
tions qu'on leur propose. Illustre proscrit de
Jérusalem, dis-je en m'introduisant dans la
sombre échoppe du banian cosmopolyte de Matanzas, savez-vous bien de quoi il s'agit pour
le quart-d'heure entre moi qui vous parle, et
vous qui m'écoutez la bouche béante?

— Non pas encore, me répondit sans émotion
mon nouvel hôte; mais pour peu que vous vouliez vous donner la peine de vous expliquer,

j'aurai, selon toute apparence, l'honneur de vous comprendre.

— C'est ce que je vous souhaite, lui répliquai-je, plus pour vous, peut-être, que pour moi. Sachez qu'il ne s'agit de rien moins que de me contrefaire avant la nuit tombante, huit costumes complets de padres missionnaires pour ces sept braves pénitens et moi.

« Le vieux fondeur d'or fraudé et de galons coupés, après avoir mesuré de son œil louche, la taille de mes matelots et la mienne, me dit avec un certain air de malignité et de défiance :

— Senor marinero, ou j'ai le malheur de me tromper fort, ou nous n'avons pas l'avantage d'être encore en carnaval.

—Non, il est vrai, répondis-je, et vous avez raison, judicieux et savant hérétique; mais comme nous sommes marins, et que nous avons envie de faire d'avance le carnaval qui arrivera tôt ou tard pour les autres et qui n'arrivera peut-être jamais pour nous, nous avons résolu de nous déguiser

tous les huit en padres, avant le moment marqué pour les folies annoncées par le calendrier,
et c'est vous, ma foi, que notre bonne étoile nous
a fait choisir pour notre costumier.

— Merci de la préférence, seigneur ; mais si
j'avais la liberté du choix, je préférerais renoncer au profit du travail, en raison du danger
de la contrefaçon.

— Ah ! ce n'est que la liberté de choisir qui
vous manque? Que ne parliez-vous plutôt à nous
qui, si aisément, pouvons faire violence à toutes
les consciences rebelles et timorées? Si dans trois
heures d'horloge, vous ne vous êtes pas arrangé
de façon à nous faire passer pour pères de la
mission, dans trois heures une minute d'ici, tout
au plus, vos ciseaux et votre aiguille vous seront
tombés pour toujours des mains.

« Et en signifiant ainsi ma volonté au mystérieux
revendeur, je pressai fortement une de ses mains
desséchées qui resta froide et immobile dans les
miennes.

— Mais si , dans trois heures , vos ordres sont
exécutés, reprit-il en tremblant un peu pour
cette fois, quel prix vous conviendra-t-il d'attacher à mon obéissance?

— Cette poignée de quadruples que voici, en
or loyal et marchand , ma foi, vous qui vous y
connaissez.

« Le judas allait se jeter la mâchoire entre-
baillée sur ma poignée d'or, comme un chien
de Terre-Neuve sur une morue en dérive. Je lui
tins la bourse haute pendant une bonne minute,
au moins , pour me donner le plaisir de le faire
sauter du plancher à elle, et pour mieux exciter
en lui la cupidité dont il m'importait de tirer
parti le plutôt possible. L'avare tondeur d'espèces alla, les yeux couvant toujours le métal qui
lui fascinait la vue , me déterrer un coupon de
drap brun sur lequel il s'apprêta à nous rogner
nos manteaux. Puis après avoir marmotté, entre
ses dents branlantes, une courte prière expia-
toire, car c'était le jour du sabbat , il se mit à la

besogne avec cinq ou six de ses pâles ouvriers.
Le vieux mangeur de manne avait, comme vous
le voyez, des scrupules à sa façon, et, fort heureusement aussi, de bonnes aiguilles à notre
disposition.

« Il nous fallut donc attendre, par prudence, à
l'ombre de son toit hospitalier, le confectionne-
ment de nos habits et l'heure qui nous permet-
trait de les endosser sans risquer d'être trahis
par notre burlesque déguisement. Pendant ce
temps assez long, j'eus le loisir de remarquer
dans le fond du sale magasin de notre méta-
morphoseur, une espèce d'imbécile qui me faisait la plus laide grimace du monde, en ne laissant échapper, de sa bouche torse et baveuse,
qu'une sorte de grognement inarticulé. Que
faites-vous de cet animal ? demandai-je au maître
du logis.

— Ce n'est pas tout-à-fait un animal, me répondit-il, c'est presque un homme comme vous

et moi, sauf le respect dû à notre espèce et à votre grandeur.

— Comme vous, à la bonne heure ; mais, homme ou animal, qu'en faites-vous?

— Rien, car il est idiot. Seulement ce Jocoso que vous avez daigné apercevoir dans ce coin obscur, a le talent, **tout nigaud qu'il est**, de divertir mes garçons par sa stupidité, et cet amusement ne me coûte que la peine de donner quelques coups de bambous à ce pauvre innocent, pour le chasser de chez moi, quand il m'ennuie, ou qu'il commence à nous importuner.

—Ah diable, c'est un idiot! repris-je vivement. Eh bien, il va m'amuser aussi, Jocoso. Habillez-moi, pendant que vous y êtes, votre imbécile en gouverneur pour ce soir, et en gobernador en grande tenue de bal.

— Et pourquoi, s'il vous plait, votre seigneurie veut-elle que je fasse endosser à ce misérable le costume révéré de notre illustrissimo gobernador?

— Pourquoi? Oh! mon Dieu, simple histoire
de rire, et pour vous donner l'occasion de gagner
encore, à la pointe de votre imcomparable aiguille, quelques bons quadruples de plus!

— Un hébété déguisé en très sérénissime
gouverneur!

— Aimeriez-vous mieux qu'un très sérénissime
gouverneur fût déguisé en hébété?

— Eh! par Abraham, moi, j'aimerais beaucoup mieux qu'il ne fût question de les déguiser
en rien du tout, ni l'un ni l'autre, ni vous. L'inconcevable fantaisie que vous pouvez vous vanter d'avoir là, seigneur capitaine, et la terrible
sottise que vous m'exposez à commettre aujour-
d'hui pour l'amour de vous! Sachez donc bien
que cette nuit même, le noble gouverneur de la
capitainerie générale de Matanzas se marie, et
que toutes ces plaisanteries de carnaval, avant
les jours gras, risquent beaucoup de ressembler
à une bien criminelle dérision. Tenez, plus je
réfléchis à ce que vous avez la bonté de vouloir

me faire faire, et plus je suis tenté de croire que vous avez résolu de me faire damner là haut ou crucifier ici-bas... Mais ce qui me console un peu dans tout cela, c'est qu'au moins je m'expose à ne me damner que pour quelque chose de bon.

« Le premier costume de padre missionnaro qui sortit des mains de l'artiste, fut pour moi. Je le capelai de suite; et la tête recouverte d'un large chapeau relevé des deux bords comme le fond d'un hunier sur le milieu de la vergue, j'allai, quoiqu'il fît encore grand jour, essayer l'effet de mon travestissement dans les rues de la ville.

« Chacun faisait alors la siesta, et les quais, vers lesquels je dirigeai d'abord mes pas, et sur lesquels le soleil frappait encore en plein, étaient à peu près déserts. Arrivé devant la maison qu'habitait Padilla, je me plaçai à peu de distance de ses fenêtres, les bras croisés sur la poitrine, et imitant de mon mieux, dans cette ridicule position, la fainéantise et l'hypocrisie de ces religieux mendians qui, pour mortifier leur chair, à ce qu'ils prétendent, s'amusent chaque jour à aller *tomar el sol*, pendant que les autres paresseux passent leur temps à fermer l'œil, étendus nonchalamment dans leurs hamacs ou sur leurs nattes. Une bonne heure au moins, je restai planté comme un mât de pavillon, sur le milieu de la promenade où je m'étais établi pour tâcher d'observer à mon aise et avec sécurité ce qui pouvait se passer dans la maison de la jeune et malheureuse fiancée. Padilla enfin se montra à sa croisée, au bout de cette éternelle heure de station. Elle était parée, la pauvre fille, comme une de ces victimes, qui n'attendent que l'ordre du sacrificateur pour aller se faire immoler au pied des autels où se prépare leur propre supplice. La sensible et intelligente sénora, malgré le long manteau brun dont j'étais enveloppé, et le large emplâtre qui couvrait le coup de sabre que Cotumbo m'avait donné sur le nez, me reconnut, ou pour mieux

dire, me devina en un clin-d'œil, par l'effet
sans doute de cet instinct merveilleux que la
passion seule peut inspirer aux jeunes personnes
dont le tact naturel a été perfectionné par une
éducation soignée. Elle fit même mieux encore
que de me reconnaître ; elle me comprit avant
que j'eusse le temps de lui faire aucun signe ou
de lui adresser le moindre petit mot. Ma présence inattendue à Matanzas, sous l'étrange
accoutrement qui me cachait à tous les autres
yeux, venait de lui révéler toutes mes intentions
et mes espérances. C'est une si admirable et si
inconcevable chose que le magnétisme amoureux ! Ah mes amis, il faut avoir passé par là,
une fois au moins en sa vie, pour croire à de
tels prodiges ! Aussi je crois maintenant, ou que
le diable m'enlève, aux miracles inexplicables
du sentiment, comme les chiens aux coups de
bâton. Ce sont là de ces choses auxquelles
on ajoute foi, non parce qu'on en est con-
vaincu, mais parce qu'on les a éprouvées de

façon à ne plus vous laisser aucun doute.

« Pour en revenir à mon affaire, je vous dirai
que les croisées de mon enchanteresse, qui s'é-
taient entrouvertes si lentement pour moi, se
refermèrent brusquement dès que mon enchanteresse m'eut vu. Ma tendre amante m'avait paru
désespérée sous sa riche et belle toilette de fiancée. C'était la mélancolie en personne, recouverte
de perles et de diamans, et le feu des regards
de cette triste amie, plus encore que le feu des
diamans dont elle était parée, venait de rallu-
mer dans mon cœur toute l'ardeur de mon ancien amour. Je l'arracherai, me dis-je alors, au
sort cruel qu'on lui destine, dussé-je payer de
ma vie l'imprudence et l'audace de ma tentative. Et qu'est-ce que la vie, au bout du compte,
au prix du bonheur que l'on cherche en expo-
sant ses jours ! Pour un mot de travers, pour un
peu d'or dont je serai peut-être embarrassé après
l'avoir enlevé, je risquerais cent fois de me
faire tuer sottement et follement, et j'hésiterais

pour satisfaire la première passion que j'aie jamais ressentie, à braver un coup de dague ou de
poignard ! Allons, vite à la besogne, compère, et
travaillons surtout proprement et sans perdre
une minute en inutiles réflexions ! Rempli d'impatience et de résolution, je retournai chez mon
juif travestisseur où je trouvai mes sept nobles
compagnons *accsatillés* en missionnaires, s'é-
gayant fort, à moitié ivres qu'ils étaient, de la
transformation que je venais de leur faire subir.
L'israëlite, enchanté de ma libéralité, leur avait
payé bouteille en mon absence pour boire à ma
santé et à la sienne, l'impudent ! J'empêchai
qu'ils ne se grisassent tout-à-fait, car il ne me les
fallait qu'entre deux vins. La nuit, une nuit
douce et charmante descendit sur nous, avec l'é-
paisse obscurité qui devait cacher et favoriser
l'exécution de mon projet ; je grillais déjà d'ardeur. Minuit sonna, et je commençai à trembler
d'inquiétude et d'anxiété. C'était l'heure de la
noce, et aussi l'instant d'avoir du courage,

de l'audace et de la présence d'esprit, toutes
choses difficiles à avoir au moment nécessaire,
quand la passion vous travaille le cœur. J'attrape
sous le bras l'idiot que j'ai fait recrépir en gouverneur dans la boutique du drapier. Je lui envoie en grand sur les épaules une ample mantille
noire, et soutenu de mon armée de réserve de
moines matelots en goguette, je me porte en toute
hâte et de ma personne, à l'entrée de l'église où
les futurs mariés devaient bientôt arriver en fen-
dant la foule attirée sur le lieu de la nocturne
cérémonie, au carillon étourdissant de toutes les
cloches de la ville. Un lourd carrosse roule, s'approche, s'arrête; d'autres voitures suivent à la file,
et s'arrêtent une à une comme lui. A la lueur
d'une douzaine de torches résineuses, les fiancés
descendent les premiers des chars panachés qui
les ont transportés, à côté des papas, des ma-
mans et des invités de la noce. *Attrape à manœuvrer finement*, dis-je au même moment
aux gens de ma fidèle escorte, cachés dans le

gros de la multitude. Et voilà à ce mot d'a-
vertissement, que d'un triple et souple revers
de main, bien appliqué à bloc, nous vous
envoyons s'éteindre dans le ruisseau, les torches qui devaient servir de flambeaux à ce
brillant hyménée. La foule des assistans, des
amis et des curieux, se met alors à pousser un cri
général d'épouvante et de surprise, en barbot-
tant dans les ténèbres que nous avons faites autour de nous. Je vous saisis incontinent par le
milieu de son individu, le vrai gouverneur tout
effaré qui se débat et qui hurle comme un pos-
sédé, sans pouvoir être reconnu, ou même entendu dans la bagarre universelle ; et je vous
empaquète son excellence, quoi qu'elle dise ou
qu'elle fasse, dans la mantille noire que je viens
d'arracher à mon idiot habillé en gouverneur.
Tous mes faux padres s'avancent et m'environ-
nent sans souffler le mot, sans pousser un soupir : je leur livre bien et duement emballé, le
corps frétillant de l'illustre futur dont ils étouf-

fent les gémissemens comme ils peuvent; et
d'un coup de pied au derrière, je vous lance
subito dans le sein de l'église catholique, l'im-
bécille Jocoso que l'on prend d'abord, à son déguisement, pour le gouverneur égaré que l'on
cherchait une minute auparavant au milieu de
la confusion générale. Grâce à cette substitution
de personne, à cette pierre d'attente jetée adroitement à la crédulité de la masse qui obstrue
tumultueusement les portes du temple, j'eus
tout le temps nécessaire d'attirer à moi la fré-
missante Padilla qui, en me reconnaissant pour
son ravisseur, ne demanda pas mieux que de se
laisser enlever par moi et par mes complices.
Une tunique brune jetée sur son éclatante
parure, dérobe cet astre de l'hymen à tous les
yeux, trompés, éblouis ou consternés, et vite
nous voilà filant ensemble par le chemin direct
qu'ont déjà enganté mes matelots pour trans-
porter mystérieusement vers le rivage notre
gouverneur qui continue à gigoter tant qu'il

peut dans les langes dont on a eu soin d'entor-
tiller sa seigneurie rebelle. Je n'essaierai pas de
vous peindre ici mon bonheur et mon anxiété
pendant notre trajet rapide de Matanzas au canot qui nous attendait sur le bord de la mer,
en face même de ma goëlette. Il me suffira de
vous dire, pour vous donner une idée de mon
indescriptible félicité, que j'étais content et
fier comme un roi de Castille, et Padilla cent
fois plus heureuse qu'une princesse des Asturies.

« À une heure du matin, la petite embarcation que j'avais eu soin de faire tenir prête à
nous recevoir dans le cas probable du succès, ou
dans le cas possible d'une retraite, nous rame-
nait victorieusement à bord de la *Casilda*. La
mer était calme, la nuit sombre et le ciel serein.
On aurait dit que tout autour de nous partageait
ma suprême félicité; les gens de mon équipage
eux-mêmes ne se tenaient pas d'aise. On eût
pu croire, en les voyant si joyeux et si satisfaits,
que c'était pour le propre compte de leur bon-

heur qu'ils venaient de travailler, quand ce
n'était que pour me rendre heureux qu'ils avaient
comme moi exposé leur vie, les pauvres diables.

« Après avoir remis le pied sur le plabord
de mon navire, je jugeai à propos de me décou-
vrir dans toute ma gloire aux yeux stupéfaits du
gouverneur devenu mon prisonnier de guerre
ou de noces. Il était assez temps, ce me semble,
de lui expliquer le mystère de son enlèvement,
et de lui apprendre, ne fût-ce que pour me
donner le plaisir de la vengeance, à quels ennemis il venait d'avoir affaire. Je criai, pour
entrer de suite en conversation, aux oreilles
encore tout abasourdies de son Altesse :

— Eh bien, seigneur gouverneur de Matanzas, reconnais-tu maintenant sur mes épaules,
la tête que ton lâche Cotumbo t'avait promis
d'apporter à tes pieds?

— Salvage!... s'écria à ces mots terrifians le
gouverneur hébété... Et Cotumbo, ajouta-t-il
ensuite machinalement, qu'est-il devenu?...

— Devenu mort, lui répondis-je, en braquant sur ses regards épouvantés des yeux flamboyans. Oui mort, par la grâce de Dieu et de mon bras. Tiens, voilà, continuai-je en lui montrant les armes de son protégé, voilà tout ce qui reste aujourd'hui du brigand qui devait te rapporter ma tête !

« Il venait de reconnaître les pistolets et le sabre dont il avait fait lui-même présent au forban trépassé. Mon peureux de prisonnier, à cette vue qui n'avait rien, il est vrai, de bien rassurant pour lui, s'évanouit net de bonne foi, ni plus ni moins qu'une jeune et délicate poulette. Je lui laissai tout le temps nécessaire de reprendre ses sens quand il jugerait à propos de les recouvrer; mais ce fut Padilla, mes amis, qui reprit aisé-ment et délicieusement les siens, après l'éblouis-sement que venait de lui faire éprouver cette suite étourdissante d'évènemens si extraordi-naires pour elle. Non, jamais, je vous le jure, fille enlevée un quart-d'heure avant ses noces,

ne se montra plus tendre et plus aimante pour
son fortuné ravisseur ! — Quel que soit, me
répétait-elle en pleurant de joie, le sort que le
ciel me prépare pour me punir de mon bonheur
présent et du crime dont je viens d'être com-
plice, je m'abandonne à toi sans réserve,
pourvu qu'il ne sépare jamais ma destinée de la
tienne. A toi désormais toute ma vie , puisque
toi seul as su m'arracher au sacrifice douloureux
que la volonté inexorable de ma famille avait
imposé à mon âme. La mort viendra peut-être
bientôt pour nous ; mais tout affreuse qu'elle
puisse être pour moi , elle me sera moins cruelle
que la contrainte dont tu m'as délivrée. Que dis-
je, elle me deviendra douce et précieuse, pourvu
que nous tombions dans les bras l'un de l'autre,
percés du même coup et confondant nos derniers soupirs dans la même agonie et le même
trépas, etc. etc. Je n'en finirais pas, je crois, si
je me mélais ici de vous rapporter tout ce que
me contait ma maîtresse, pour me donner une

idée de sa passion et de son ineffable ravissement.

« Cette effusion de cœur en pleine mer, aurait été poussée, vous le devinez bien, jusqu'aux dernières limites de l'exaltation la plus romanesque, sans la nécessité où je me trouvais de penser à tout autre chose qu'à de belles protestations de tendresse et d'amoureuses amplifications de ré- thorique sentimentale. Le positif de ma situation matérielle réclamait bien autrement ma sollici- tude, que le côté idéal de mon aventure ga- lante. Il y a toujours, dans ces sortes de circons- tances, la partie solide qu'il faut gouverner, et la partie purement morale dont on peut s'occuper plus tard ou remettre à des temps plus oppor- tuns.

« J'accordai d'abord toute mon attention à la partie spéculative de mon affaire.

« Les gens de mon équipage, nobles héros auxquels je n'attachai pas une grande impor- tance, étaient d'avis que nous nous donnassions le plaisir de pendre notre illustre captif par les

pieds au bout de notre vergue de fortune. Ce
genre d'exécution leur paraissait courtois, et
l'emblème qu'il aurait offert à leur malignité,
souriait surtout à l'envie qu'ils avaient de
punir épigrammatiquement le drôle qui avait
voulu nous faire si inhumainement châtier au
jour de sa puissance et de sa gloire. C'est par
le cou, répétaient mes matelots, qu'on nous
pend nous autres, sans plus de cérémonie, quand
on nous met le grappin dessus. Pour ne pas faire
à autrui ce que nous ne voudrions pas qui nous
fût fait, comme dit l'évangile, pendons M. le
gouverneur par les pieds, afin qu'il ne soit pas
dit que nous l'ayons pendu comme un pirate.
Ces hommes de terre là, ne doivent pas être
habitués au service du bord, et il faut avoir
des égards pour tout le monde. »

« Quelque justes que pussent me sembler ces
logiques considérations sur la législation à appliquer aux délits et aux peines, je jugeai convenable
d'inventer pour le vieil avare que nous avions

sous scellé; un supplice plus profitable pour nous
et moins cruel pour lui. Je lui dis, après avoir
sérieusement examiné le cas sur lequel il m'ap-
partenait de prononcer en juge souverain :

— Ton altesse ou ta seigneurie, peu importe
dans le moment actuel, a laissé de l'argent à
terre, je le sais ou je m'en doute; ta peau, dont
nous serions fort embarrassés de faire quelque
chose de bon pour nous, ne nous tente guère,
comme bien tu dois le penser; mais tu y tiens
beaucoup pour toi, et c'est là le point sur lequel
nous devons le plus compter. Si ce soir tu ne
trouves pas dans ta cervelle le moyen de nous
faire payer demain dix mille gourdes rondes,
j'ai le projet de t'envoyer en compagnie d'un
boulet au cou, par-dessus le plabord de ma
goëlette. Pour un rustre ou un pauvre diable, je
n'aurais exigé que quelques piastres de rançon,
ou même peut-être pas de rançon; mais comme
je sais le prix que je dois attacher à la carcasse
d'un homme tel que toi, je te traite selon ton

rang sans que tu puisses m'accuser de manquer
de procédés envers toi en te faisant payer cher,
ce que tu estimes à une si grande valeur. Dix mille
gourdes rondes et bien rondes, entends-tu?
voilà mon dernier mot, et songe à la journée
de demain pour qu'elle ne devienne pas pour
toi la dernière des journées que le ciel te
compte encore !.

« Le vieux ladre resta attéré de la générosité
de ma proposition. Un galant homme à qui on
demande la bourse ou la vie, se moque de sa
bourse et défend bravement sa vie. Mais un avare
qui veut vivre et qui ne veut pas payer pour
cela, est le plus nigaud supplicié dont on puisse
se faire une idée. Je me mis à rire de toutes mes
forces en voyant la mine piteuse que me faisait
mon captif. Padilla, en entendant les rudes conditions que je venais d'imposer à son ex-futur,
se jeta tout éplorée à mes pieds, embrassa mes
genoux, et m'embrassa aussi, je crois, pour
tenter de fléchir ma sévérité en faveur de mon

indigne rival; mais rien n'y fit. Je tenais au
châtiment du compère pour le bon exemple
d'abord, et pour le prix que je voulais surtout
attacher à ma clémence.

«Le seigneur gouverneur, absorbé pendant
quelques minutes dans son affliction, recouvra enfin l'usage de la parole pour me dire
d'un air profondément humilié et d'une voix
tout au moins aussi profondément souterraine :

— Je ferai un billet de dix mille piastres
pour mon acquittement, puisque vous l'ordon-
nez, et que vous avez le droit de le vouloir
ainsi...

— Doucement! lui répondis-je en l'arrêtant
au milieu de sa période; j'ai dit, s'il m'en
souvient, dix mille gourdes rondes, ce qui n'est
pas la même chose pour ceux qui, comme moi,
connaissent la différence de la gourde ronde à la
piastre. Ne perdons pas si vite la mémoire, si nous
tenons à rester bons amis encore quelques
heures.

— Eh bien, dix mille gourdes rondes soit, reprit-il, c'est effectivement quelque petite chose de plus. Mon majordome, à la réception de ce billet, vous livrera la somme destinée à racheter ma vie... Si je tiens encore à l'existence, c'est, croyez-le bien, pour les Matanzanos que je veux conserver mes jours, et non pour moi, Dieu m'en est témoin ! qui aujourd'hui suis si las de vivre et si malheureux d'avoir tant vécu !

— Attention à gouverner, répliquai-je encore à ces derniers mots ; n'embrouillons pas, s'il vous plait, nos lignes de pêche avant de les envoyer en double à la mer. Je veux tirer de toi le meilleur parti possible, rien de plus naturel. Tu dois de ton côté chercher tous les moyens de nous mettre dedans, rien de plus juste ; et c'est à moi, par conséquent, à me montrer aussi défiant que tu chercheras à être rusé. Tenons-nous donc sur nos gardes chacun de notre bord, et agissons l'un envers l'autre comme de bons et loyaux

ennemis qui veulent jouer finement la dernière
manche d'une partie d'enfoncement... Un de
mes hommes, entends-tu bien, ira à terre avec
ton billet, trouver l'intendant général de tes
finances, pour qu'il ait à lui payer de ta part
et comptant, les dix mille gourdes convenues. Il
est peut-être bien maintenant huit heures à huit
heures et demie du matin. Si, à huit heures du
soir au plus tard, l'homme que j'aurai envoyé
de ta part à Matanzas, revient sans l'argent
exigé, ou que l'argent même revienne sans
l'homme, ou, ce qui est encore possible, l'argent
ni l'homme ne reviennent qu'à huit heures une
minute, ton excellence aura fait le dernier
plongeon de sa vie le long de mon bord, et une
autre minute après, ma goëlette aura passé sur le
remoux de ta carcasse pour se rendre à la Marguerite. Te voilà prévenu : tu as devant toi de
l'encre, une plume et du papier ; j'attends ton
billet, le temps passe en face de toi à chaque minute... Tu m'as compris, il suffit, et

sur ce, je vais brûler sur le pont un cigarre royal
en ton honneur et gloire.

— Mais, si, malgré mes vœux et mes ordres,
me cria le vieux reitre effrayé, un bâtiment de
guerre informé de ma disparition subite, venait
à courir sur vous et à vous saisir, devrais-je répondre raisonnablement sur ma vie, d'un événement étranger à ma volonté?

— Non, repris-je avant d'abandonner mon
homme à ses méditations, non, tu ne serais pas,
dans ce cas là, envoyé par-dessus le bord par
punition, mais seulement par précaution, ce
qui est tout autre chose. Car tu comprends bien,
sans doute, qu'avant d'avoir à subir la visite
d'un croiseur qui m'aurait gagné, il serait de
mon intérêt de te faire disparaître comme une
pièce dangereuse de conviction contre moi. Mais
au surplus, les bâtimens de guerre espagnols
sont si rares et si peu alertes ici, que ce serait bien
le diable qu'il s'en trouvât tout justement un
disposé à me donner la chasse, et assez malin

pour tailler des croupières à la petite goëlette
que je monte et que j'ai l'honneur de savoir
manœuvrer. Tu peux donc, sans t'amuser davantage à me proposer des difficultés imaginaires
à résoudre, écrire avec la plus entière sécurité ,
le petit billet doux dont je t'ai parlé. Lorsque
l'épitre sera faite, je reviendrai voir si elle me
convient et si elle est conçue de manière à
n'exciter ni mes soupçons sur ta bonne foi, ni
mes susceptibilités sur certains petits points qu^i
tiennent à mes scrupules de conscience. Salut !

« Mon interlocuteur, sachant ce qu'il avait à
faire de mieux et de plus pressé, se mit à tracer,
en jetant quelques larmes d'avarice sur son
papier, l'épitre que j'attendais de sa complaisance. Aucun nom de lieu, de navire ou
d'homme, ni aucune indication compromettante
ne lui échappa. Je tournai et je retournai dans
tous les sens et de tous les côtés, le papier dont
j'eus bien soin d'examiner la transparence au
jour : rien ne me parut suspect dans la manière

dont la lettre avait été écrite et confectionnée. J'eus lieu enfin, après cette minutieuse inspection, d'être satisfait du travail de son altesse.

« Un de mes drôles qui connaissait le pays, et qui ne manquait pas d'intelligence, se chargea du recouvrement de l'effet que je confiai à son zèle. Je fis jeter à terre ce nouveau garçon de caisse en lui donnant des instructions précises sur ce qu'il avait à faire pour mon service, et pour ne pas s'exposer à tomber sous la garotte de la justice. Puis, ma foi, après avoir ainsi réglé ma petite besogne, j'attendis avec tranquillité l'événement aux côtés de Padilla, ma douce conquête et pour le moment la souveraine de toutes mes pensées.

« Vers l'heure où déjà le soleil resplendissant étendait dans l'ouest ses rayons amortis, sur l'horison qu'il allait bientôt toucher, je vis vers la partie de la côte sur laquelle je n'avais pas cessé depuis quelque temps de promener le bout de ma longue vue, arriver un individu qui se mit à faire des signaux au moyen d'un mouchoir qu'il agitait dans les airs. Comme mon faiseur de gestes télégraphiques n'était accompagné que de deux personnes, je n'hésitai pas à lui envoyer mon canot avec deux matelots armés par précaution jusqu'aux dents. Mon embarcation ainsi expédiée revint bientôt au tomber de la nuit, en me ramenant le fidèle émissaire que j'avais envoyé en recouvrement à Matanzas. Le garnement fort à lui tout seul comme deux bêtes de somme, me rapportait les cinquante mille gourdes de mon marché avec le gouverneur, et comptées en bel et bon or massif. Il commençait, je vous jure, à être diablement temps que le plomb promis arrivât, pour la conservation de la peau de mon illustrissime prisonnier, qui, en voyant avec effroi l'heure fatale approcher, était déjà à demi-mort, et moi plus qu'à moitié disposé à lui faire prendre un bain local sous mes grands porte-haubans.

« Ma règle de conduite à l'égard du captif

était désormais tracée : les sacs de quadruples
venaient de l'écrire en lettres d'or dans ma conscience. Soyez libre, dis-je au vaincu, après
avoir pris connaissance de sa monnaie. Je vous
rends à l'amour de vos administrés, qui vous
rembourseront les frais de votre rachat, pour
peu qu'ils tiennent à vous autant que vous m'a-
vez la mine de tenir à eux. Ma chaloupe va vous
conduire à terre, et chacun des canotiers qui vous
accompagneront, aura sur lui deux pistolets :
un pour vous d'abord, si vous vous permettez le
moindre geste qui puisse nous compromettre, et
un pour lui s'il se trouvait victime de votre imprudence ou de votre envie de nous jouer quelque mauvaise farce. — Adieu, portez-vous bien
si vous pouvez, et mariez-vous si cela vous
amuse. Je ne garde avec moi sans rancune,
que vos quadruples et votre fiancée.

— Quoi ! Padilla !... s'écria le vieillard amoureux à ces derniers mots. Quoi ! Padilla de Vasconcellos, ma future, ne me suivra pas à Matanzas !

— Pas pour le moment , lui répondis - je.
Vous partez parce que je vous permets de dé-
guerpir, et elle reste par la raison toute simple
qu'elle ne demande pas mieux que de ne pas
vous suivre. Ainsi va le monde, et ainsi vous allez aller, et le plus vite ne sera que le mieux.

« Cela dit , on vous embarqua le gouverneur
dans le canot qui l'enleva , allégé du poids de
ses bijoux , et le cœur gros de larmes et de
soupirs. Une demi-heure après cette opération,
mon canot revenu de terre, était rehissé à bord,
et ma goëlette la *Casilda* , appareillée sous
toutes voiles avec bonne brise et belle mer.
Jamais je n'ai été, Dieu me pardonne mon bonheur, aussi heureux, aussi satisfait de moi , que
dans ce moment. Je ne pesais pas une once, je
crois, tant je me sentais léger d'esprit et content
de moi-même et du sort.

« La fortune est aussi tenace que le guignon.
Une fois qu'elle a laissé tomber ses grappins d'or
à votre bord, pas moyen de se décrocher de ses

faveurs, même quand on voudrait la larguer en
grand, et pousser au large d'elle. Je piquai en
quittant le rivage heureux de Matanzas, sur
Porto-Cabello où j'avais donné rendez-vous à
ma prise le *Ne Tange*, et où, par parenthèse,
il était dans l'ordre des choses fort possibles, que
je ne trouvasse pas ma riche capture. Mais le
destin qui avait veillé sur moi, avait aussi veillé
sur elle. Je la rencontrai intacte, cette chère
prise, et prête à mon arrivée à être vendue à des
arabes indépendans qui ne demandèrent pas
mieux que de me compter sept ou huit mille pis-
toles pour jouir en tout bien tout honneur de sa
grasse possession. Ce petit bénéfice réalisé si lestement dans un pays où les pertes seules se
réalisent facilement, je gagnai toujours avec
ma goëlette, et sans perdre de temps, l'île
de la Marguerite qu'avait dû rallier, depuis
deux ou trois semaines, mon corsaire. Je retrou-
vai dans cette dernière relâche mon brick *la
Hermosa à Padilla*, comme peu de temps aupa-

ravant j'avais retrouvé à *Porto-Cabello* ma prise
le Ne Tange. Ce n'était pas à demi, vous le
voyez , que le bonheur m'avait souri, et comme,
selon mes principes , c'est lorsqu'on est heureux qu'il est bon d'être juste et bien d'être
généreux , dès que j'eus repris mon corsaire et
qu'il me fut possible de me le remettre sous les
pieds , je pensai à restituer à l'ancien capitaine
de la *Casilda* que j'avais dépossédé à la mer, la
pauvre petite goëlette dont je m'étais servi avec
tant de succès dans mon expédition de Matanzas.
Je lui avais aussi promis, mais vaguement, en lui
empruntant sa barque, et en lui faisant manquer son voyage, de l'indemniser un jour du préjudice que je pourrais lui occasionner. Cet engagement pris tout bénévolement en pleine mer ,
le vent aurait bien pu l'enlever sans que le
malheureux patron eût osé s'exposer au danger
de le rappeler à ma mémoire dans le cas où
il m'aurait plu de l'oublier. Ma conscience
m'inspira mieux : je lâchai au **capitaine de la**

Casilda quelques bonnes centaines de piastres
de dommages-intérêts , et le brave homme, enchanté de ma générosité, me combla, en retournant dans son pays, de remercîmens et de béné-
dictions. Un capitaine-pirate béni comme un
saint d'Andalousie par un pieux patron caboteur! Il ne nous faut pas désespérer , comme vous
voyez, d'être un jour canonisés par la piété des
fidèles que nous aurons pillés dans notre vie.

« Me voici arrivé , mes braves , à la partie si
non la plus importante du moins la plus délicate de mon rapport. Un autre aurait la faiblesse
de vous cacher, peut-être, ce que j'aurai la fran-
chise de vous avouer. Ce fut à la Marguerite que ,
pour apaiser les scrupules de Padilla de Vasconcellos, ma tendre amante, je consentis à serrer avec elle et par les mains d'un prêtre d'occasion , les liens respectables d'une union indis-
soluble. Mais ne vous effrayez pas d'avance, je
vous prie, des conséquences de ce que vous pourriez prendre de ma part pour une folie : les frais de

la cérémonie nuptiale ne furent pas prélevés sur les fonds que j'avais ramassés à la mer. Les bijoux que j'avais eu la prévoyance d'enlever avec mon épouse, et qui pouvaient être regardés comme des accessoires attenant à la propriété conquise, firent largement face à cette dépense de fantaisie. Mon mariage, par conséquent, n'a rien coûté à la communauté de nos intérêts.

« Résumons maintenant authentiquement les faits principaux de ma mémorable campagne, car c'est toujours par des chiffres que se résument toutes les choses de la vie. J'ai gagné en tout, après les frais d'armement et la solde d'équipage payée et grassement encore :

1° Soixante mille francs provenant de la vente du *Ne Tange*. ci... 60,000 f.

2°. Cinquante mille du produit net de l'enlèvement et de la rançon de son excellence le gouverneur de Matanzas. ci... 50,000.

3°. Un coup de sabre au beau milieu de la

mine, et que je ne porte ici en compte que
pour mémoire ci. 0

4°. Une femme que je crois aimer et qui a l'air
de me rendre avec usure la monnaie de ma
pièce—encore pour mémoire—total. 110,000.

« Et cela sans compter la valeur du brick la
Hermosa Padilla. Mais je vous fais grâce de
ce solde de compte auquel vous ne tenez
probablement pas plus que moi. J'ai dit, et
je souhaite que tout cela vous convienne autant
qu'à votre très humble serviteur.—A votre tour
la balle maintenant, et le chapelet de la conversation. J'ai fini. »

Salvage venait d'achever. Un moment de silence succéda à la longue narration qu'il nous
avait fait entendre. Mes regards qui, pendant
toute l'histoire du capitaine, s'étaient tenus
pour ainsi dire, suspendus à sa parole animée
et à sa physionomie mobile, se portèrent sur ses
deux auditeurs, comme pour chercher dans leurs

traits l'impression que l'éloquence de leur confrère pouvait avoir produite sur eux. Mais en
cet instant même, une porte que je n'avais pas
remarquée dans le fond de l'appartement, s'ou-
vrit brusquement, et une jeune femme se montra à nos yeux. C'était Padilla, la belle épouse
de l'intrépide corsaire qui, tout émue encore du
récit dont elle n'avait pas perdu un seul mot,
venait se jeter dans les bras de son mari... Elle
pleurait, la pauvre femme, de bonheur et d'at-
tendrissement...

— C'est donc ainsi, petite curieuse, que vous
nous écoutez, lui dit le capitaine, d'un air qui
exprimait beaucoup plus, je vous jure, la tendresse que le reproche.

— Oui, j'ai tout entendu, répondit Padilla,
je voulais savoir ce que tu pensais de moi...
aussi n'est-ce pas que tu m'aimes plus que tu ne
l'as dit là?

— Si je t'aime plus que je ne l'ai dit? Mais cer-

tainement, et cela, tu sais bien, va sans dire entre nous...

— Eh bien, puisqu'il en est ainsi, prouve-le
moi à l'instant même, et jure que jamais, maintenant, tu ne me quitteras pour retourner sur
mer !

— Tu veux que je jure, me dis-tu , que je ne
retournerai plus à la mer... Oh ! non , tu n'y
penses sans doute pas ; car tu sais bien que tu
m'as toujours dit qu'il ne fallait jamais jurer
devant les dames.

— Aussi n'est-ce pas un jurement que je te
demande , reprit Padilla avec la plus attrayante
gentillesse ; mais bien un serment que j'exige de
toi, de ton attachement pour moi.

— Allons, enfant que tu es, remettons cela à
un autre moment , et quand nous serons seuls.
Tiens, laisse plutôt maître Bastringue, que voici,
me raconter ses fredaines, comme j'ai raconté
les miennes.

— Ainsi, tu ne veux donc pas me promettre

devant ces messieurs, que tu n'iras plus... C'est
bon, et je sais maintenant à quoi m'en tenir sur
tes intentions.

—Oh! mon Dieu, si, ma bonne amie, je te promets, et je te jure même tout ce que tu vou-
dras... Mais ne perdons pas de temps, nous
autres. C'est à ton tour, l'ami Bastringue, de
prendre le cornet et de rouler les dés pour nous
raconter ta petite affaire. J'ai prêché d'exemple,
comme tu l'as vu, et j'espère bien que tu ne te
feras pas tirer l'oreille pour imiter ma manœuvre et pour gouverner beaupré sur poupe dans les
eaux, où j'ai déjà navigué pour mon compte.

Maître Bastringue, à ces mots du capitaine,
jeta autour de lui des regards embarrassés, presque timides même, et je crus voir, Dieu me pardonne, une rougeur subite colorer d'une teinte
encore plus foncée qu'à l'ordinaire, le visage
empourpré du sauvage corsaire. Salvage, à la
sagacité duquel cet étrange mouvement de dé-
plaisir, et même de pudeur si l'on veut, ne pou-

vait échapper, demanda avec une feinte sollicitude à son confrère, quel pouvait être le motif
de la gêne qu'il croyait remarquer en lui.

— Tu veux savoir ce qui me gêne? répondit
Bastringue. Eh bien, je te dirai, ma foi, à la
bonne franquette, que c'est madame.

— Moi! reprit alors Padilla en souriant avec
plus de grâce et de malignité que d'étonnement;
mais savez-vous bien, M. Bastringue, que ce que
vous venez de dire là, à mon mari, n'est pas
du tout flatteur pour moi!

— C'est possible, madame, répliqua le matelot. Mais voyez-vous, quoique je ne sois pas l'ennemi du beau sexe, bien loin de là, je n'aime
pas à parler devant les dames de votre échantillon; et tant plus, voyez-vous, elles sont jolies,
tant plus elles me coupent la luette. Tant que
vous resterez là, je ne dirai pas ce qui s'appelle
la moindre petite parole. Voilà comme je suis
taillé, moi, et il n'y a pas moyen malheureusement de me refaire.

— Mais sais-tu, Padilla, s'écria Salvage en riant aux éclats, que c'est là un compliment tout comme un autre, que vient de te faire notre ami, à sa manière? Il te trouve trop jolie pour parler devant toi. C'est ta beauté, en un mot, qui l'intimide.

— Tout juste, malin, répondit le marsouin. C'est toi qui as mis le premier le nez dessus. Ainsi, par conséquent...

— Il ne me reste plus qu'à vous saluer, reprit, vivement Padilla, et c'est aussi le parti que je vais prendre, en vous priant de vouloir bien excuser mon indiscrétion.

— Et nous, en vous priant, madame, si c'est un autre effet de votre complaisance, reprit Bastringue, de ne pas écouter ce que je dirai, à l'abri de votre porte de grand'chambre; car, sans cela je vous préviens que je ne dirai plus que des bêtises à toute la compagnie.

— Suffit, ajouta Salvage; cette porte de com- munication dont j'ai la clé, va être refermée discrètement par moi , sur ma très honorée et très curieuse épouse.

Et cela dit , le capitaine embrassa sa petite femme qui se retira en faisant à la société , et surtout à maître Bastringue , la plus cérémonieuse et la plus goguenarde de toutes les révérences.

Le grave frère José, pendant cette petite scène d'intérieur, n'avait pas laissé échapper un mot. Seulement , deux ou trois fois, ses yeux vifs et perçans avaient paru s'arrêter avec une sorte de contrainte indéfinissable, sur la figure et la taille de la svelte et jolie Espagnole.

Une fois Padilla partie , et la porte du fond refermée soigneusement sur elle, maître Bastringue , affranchi de toute préoccupation importune, s'étala sur le fauteuil que venait de lui céder Salvage, et le lourd historien, après avoir fait résonner, à deux ou trois reprises, sa voix rauque , au fond de son gosier éraillé, s'essaya ainsi à nous raconter ses étranges aventures.

VII

RAPPORT

DE MAITRE BASTRINGUE.

RAPPORT DE MAITRE BASTRINGUE.

« Ecoutez, mes chers petits enfans du bon Dieu;
je commencerai par vous dire avant de filer la
ligne de lock de mon discours sur mon arrière (¹)
que je ne suis ni un ex-officier de la marine
faraude, comme toi Salvage, ni un restant d'abbé,
comme toi José , que je reconnais pour mon
supérieur en fait d'esprit. Ce que je vous réciterai,

à la bonne matelotte et en ma qualité de
paysannasse de la mer (*) ne sera peut-être pas
bien *espalmé* du côté du gréement, mais ce sera
du véritable et du solide dans la partie des
œuvres-mortes. Ne riez donc pas trop quand il
m'arrivera de vous larguer plus de bêtises que
de paroles : voilà tout ce que je vous demande
pour le moment ; et si ensuite, un de vous veut
me couper la route une fois que j'aurai hissé mes
huniers à *tête-de-bois*, eh bien, on pourra s'ar-
ranger avec lui à la fin de la traversée, s'il en
mange et s'il en veut. »

Après un exorde aussi *crânement* prononcé,
il n'y avait plus pour l'auditoire d'autre parti à
prendre, que celui d'écouter en silence et sans
hasarder la moindre interruption, le récit des
hauts-faits de l'orateur-guerrier. L'assemblée
parut se résigner de bonne grâce au rôle tout
auditif qui venait de lui être imposé.

Maître Bastringue satisfait de ces favorables
dispositions, entra ainsi en matière :

« Vous saurez donc que quand j'eus fini d'arrimer dans ma poche et dans mon sac, les picaillons que Salvage venait de partager si *amicablement* entre nous trois, je commençai par ne savoir où donner de la caboche. J'ai bien mangé dans ma crapule de vie, tant en parts de prises qu'en coups de flibuste, peut-être plus gros d'or que je ne suis pesant, hardes et tout, et je suis sûr que si on avait la curiosité de mettre dans une balance du poids public, d'un côté ce que j'ai envoyé par dessus la lisse en bamboches, et de l'autre moi qui vous parle, je suis sûr, comme j'ai eu l'honneur de vous le dire, que le bord de ma dissipation enlèverait de plus de cent livres le bord où j'aurais *mâté* mon cadavre. Mais comme on dit, manger de l'argent comme un goulu, et savoir manger son argent, ça fait deux. Bref, pour en finir, je ne me doutais pas plus, une fois resté tout seul, de ce que je pourrais pratiquer à la Pointe-à-Pitre avec les huit mille gourdes de mon décompte, que si je m'étais trouvé à cent

lieues de toute terre connue, à cheval sur une
cage à poules.

« Quand on n'a pas d'idées dans le fond de son
coffre, nous disent les philosophes, il faut aller
en chercher dans le coffre des autres, pour en
hâler une ou deux à soi selon le besoin. J'allai donc
selon le proverbe.... Mais je vous en prie, si vous
avez encore un peu d'estime quelconque pour
moi, ne vous fichez pas trop de la caponnerie
que je vas vous confier... J'allai trouver avant
de mettre le cap au large, une vieille négresse
toute desséchée au soleil, qui passait pour dire
la bonne aventure à tout le monde, sans faire les
cartes à personne.... D'abord il faut que vous
sachiez que jamais je n'ai donné dans la sorcellerie ni dans l'astronomie et autres *préjudices*
semblables de l'espèce humaine. J'ai toujours
aimé, quand je ne savais pas de quel bord amurer
ma grand'voile, entendre les autres dire ce qu'ils
feraient à ma place; parce que voyez-vous, quand
ils ont le bonheur d'avoir une idée qui peut

m'aller aussi bien qu'à eux, vite je vous saute en
grand sur cette idée là, et j'attrape à naviguer
dessus à *toc de voiles* et tant que la barque de
mon esprit peut *charroyer de toile* (¹).

« La sorcière en question, le soir où je fus
l'accoster pour avoir bord-à-bord avec elle, un
mot de conversation, était entièrement passée
et outre-passée de boisson. C'est égal, me dis-je,
il faut qu'elle jabotte telle qu'elle est, pour peu
tant seulement, qu'elle puisse enfiler deux paroles bout à bout l'une de l'autre. Je lui hélai dans
le panneau de l'oreille et en lui tenant la boule
entre mes deux mains : Ohé vieille cigogne, où
faut-il mettre le cap pour faire bonne route?
Entends-tu, face de marmite retournée, où faut-il
mettre le cap?—A St.-Thomas! me répondit-elle
sans pouvoir en pousser plus long, tant sa langue
était engagée dans les bas-haubans de sa parole.
Cinq à six fois je hélai encore à son bord, pour
en retirer quelque chose de plus ; mais cinq à
six fois elle m'envoya par le nez la même

chanson : A St.-Thomas, à St.-Thomas! (¹)

« Ennuyé à la fin des fins, de toujours sonner
la cloche sans faire monter du monde sur le pont,
j'attrape à orienter pour débouquer avec ma
mauvaise humeur, de chez la diseuse de bonne
aventure. Mais ne voilà-t-il pas qu'au moment
où je mettais le pied sur l'*iloire* du grand panneau de sa turne, qu'elle se relève en branlant
tout son corps pour crier encore derrière moi :
A St.-Thomas, à St.-Thomas! Tu t'embarqueras
là pour rien et pour quelque chose. En attendant, prends toujours ceci : c'est un bon sort que
je jette sur ton individu. — File toujours ton
câble et bois de l'eau!

« Le bon sort qu'elle venait de me jeter, la
simpiternelle, était un vieux brin d'herbes, sec
comme de l'étoupe ▇ magasin. Je pris son herbe
et j'allai boire un coup, pour penser raisonnablement à ce qui venait de m'arriver.

« Je vous ai déjà dit en commençant, que je
ne croyais pas plus aux sorciers qu'à la queue des

grenouilles ; mais je suis bien aise cependant de savoir par moi-même quand ils tombent sur une vérité dans leur tas de menteries. Ce n'est pas pure bêtise chez moi au moins , c'est comme qui dirait moitié bêtise et moitié curiosité : voilà tout.

« Je pensai donc à tourner l'avant de ma barque sur St.-Thomas, ainsi que dans son coup de boisson me l'avait commandé la sorcière.

« Mais par malheur pour moi, aucun navire , barque , barcasse , bateau, ni batelet , n'était en partance à la Pointe, pour le pays en question. Un ami me confia pourtant qu'à la Basse-Terre je pourrais bien trouver chaussure à ma patte droite pour lever le pied à ma fantaisie. J'appareille alors pour la Basse-Terre, où étant arrivé, je jetai mon ancre-à-jet dans un cabaret de l'endroit, en attendant le lever de la brise pour cingler en mer. Un soir ou une nuit , car je ne me rappelle pas trop l'époque, tant la nuit ressemble au soir pour les gens embrumés, un soir donc , ou une nuit , en cherchant , la tête un peu prise

de jus de canne à sucre, un endroit propice pour
faire un coup d'oreiller, je me mis à dormir dans
un gros-bois, une espèce de chalan chargé de café
et embossé à l'ouvert de la rivière du Galion.
L'air était fin et frais et la campagne superbe
au clair de la lune. En me réveillant, avec le jour
sans trop savoir où j'étais depuis le soir, je coupe,
pour passer le temps, le câble et les amarres du
gros-bois, et voilà la barque en dérive avec les
nègres endormis et moi qui avais l'œil joliment
ouvert pour le quart-d'heure. Quand les trois
ou quatre beaux-sales (les nègres) levèrent la vue
sur moi, en se débarbouillant la figure à la clarté
de l'horison, nous pouvions bien être déjà à deux
ou trois lieues au large sous le vent de l'île, avec
bon frais de nord-est, la mer charmante et le ciel
en parfait état. Les nègres un peu pétufaits (stupéfaits) de me voir embarqué nouvellement à
leur bord sans permis, voulurent primo gueul-
lailler à la mode de leur pays, ils criaient : Maite,
nous perdus, si vous pas vini à secours à nous.

Menez tout suite gros-bois nous à Basse-Terre là !
L'homme qui a du cœur, comme vous savez,
n'est jamais plus fort des reins que quand les
autres tremblent. — Je vous promets et m'engage de vous recracher à la Basse-Terre, dis-je à
mes nègres braillards, si vous voulez manœuvrer
à mon commandement supérieur. — Ils obéirent
comme de fait, et au lieu de les reconduire à la
Guadeloupe, je les affalai en trois jours sur l'île
St-Thomas, sans vivres, sans boisson à bord ;
mais avec du café cru à discrétion et de l'eau de
pluie à volonté quand il en tombait à bord dans
les grainasses.

« Sans trop savoir faire mon point, j'avais tout
de même fait bonne route. C'est le hasard plus
que mon génie qui m'avait justement jeté où je
désirais attérir. Une fois arrivé à ma destination
de circonstance, le hasard qui m'avait pris sous
son écoute, ne me laissa pas faire de bêtises pour
gâter sa besogne, bien au contraire ; vous allez
voir la vérité de ce que je vous conte là :

« Les nègres en se doutant à la fin que je les
avais mis dedans et que je voulais les mettre peut-
être bien dehors, réclamèrent pour toute faveur,
puisqu'ils ne pouvaient faire autrement, d'être
vendus à quelqu'un pour être nourris à temps :
ils mouraient de faim, ces pauvres esclaves, et
ils étaient bien aises de se donner, s'il était possible, la *jouisserie* de changer de maître, car pour
l'esclave, c'est un plaisir comme un autre de
changer de manière de recevoir des coups de bâton. Ne voulant rien refuser à leur bonne conduite, je vendis mes deux paires de noirs et la cargaison du gros-bois, six mille piastres à un habitant qui eut l'air de croire, pour ne pas paraître
trop coquin, que la cargaison de café et l'équipage que j'avais moi-même volés, étaient à moi
en tout bien tout honneur. Sans l'idée qu'avaient
eue ces gueux de noirs d'être vendus par moi, à
n'importe qui, le diable m'*élingue* si j'aurais jamais pensé à faire du plomb de leur vilaine peau
de chauve-souris. C'est le vent du bonheur qui

faisait tourner ma girouette à la brise, et moi, je gouvernais avec la brise qui soufflait de si bon côté sur ma girouette. Pas plus fin que cela. Il ne faut jamais s'entêter à avoir plus d'esprit que les coups du sort.

« Une seule chose me retournait cependant l'âme à l'envers ; c'est qu'en faisant ce dernier coup de contrebande, j'avais oublié chez l'hôtesse où j'étais descendu à la Basse-Terre, les huit mille gourdes que m'avait prêtées Salvage. Mais n'ayez pas peur, les amis; cette hôtesse était une brave femme, et il est bon de vous dire que l'argent, depuis mon arrivée ici, s'est trouvé rendu à son poste de combat, moins le petit soufflet que j'avais été obligé de lui donner avant mon appareillage de la Pointe, pour les besoins de ma soif et les dépenses de mon individu.

« Tous les camarades et les chefs que j'ai eus tant au service qu'au marchand, m'ont toujours prédit ceci : « Si tu péris, toi, ce ne sera que par le tafia ! » Mais jusqu'à présent, en attendant ma

perdition, c'est toujours au contraire le tafia
qui m'a sauvé. A Saint-Thomas, étant pour prendre connaissance du pays, je commençai par me
promener dans toutes les auberges, ou si vous aimez mieux dans les cambuses bourgeoises de l'île.
Un matin que j'étais à moitié à jeun, vl'à que
je rencontre comme un fait exprès et à la même
table que moi, vous ne devineriez jamais
qui? un ancien mousse, le propre fils de mon
oncle le capitaine Ituralde. — Tiens! c'est vous,
mon cousin, me demanda l'enfant sans faire semblant de rien. — Eh bien! oui, c'est moi, comme
d'habitude, lui répondis-je aussitôt. Et que fais-
tu ici, toi? — Pas trop rien de bon. Et vous,
mon cousin, y aurait-il de l'indiscrétion à savoir
de votre côté ce que vous êtes venu faire à Saint-
Thomas? — Je suis venu pour boire mon décompte—Ah oui, comme anciennement! — Oui,
toujours comme anciennement; c'est toi qui
l'as deviné du premier coup. — Pourquoi ne ve-
nez-vous pas à la Marguerite avec nous? — A

l'île de la Marguerite? Et pourquoi à la Marguerite plutôt que dans les autres quatre parties
du monde? — Parce que là il y a des Indépendants, et qu'on peut faire la course avec eux.
— Ah! tu fais donc la course en temps de paix
à présent? — Mais un peu, mon neveu, ou plutôt
mon cousin, et à bord du brick *le Général-Sucre* encore. — Et monsieur ton diable de père,
parlant par respect, de quel bord roule-t-il sa
bosse actuellement, sans être trop curieux? — Qui
mon père? ne m'en parlez pas! le vieux chien
s'est mis à faire la traite. — Quoi? mon oncle
fait la traite à présent! un philisophe comme lui?
— Un philosophe! oui, je t'en fiche! Philosophe jusqu'à la bourse et à la bouche. Il n'a seulement pas voulu, moi son fils unique et légitime,
me faire porter comme novice sur le rôle, au
bout de six ans de navigation de mousse, la vieille
polacre! Aussi il faut voir comme je lui ai brûlé
la politesse; et si ce n'était le respect que je lui
dois en ma qualité de son fils, il aurait déjà eu

de mes nouvelles autrement que par la petite poste.

— Mais dis-moi donc, Palanquin , car Palanquin c'était le nom de guerre de l'enfant. Est-ce que tu ne m'as pas dit tout-à-l'heure, failli gars, que tu étais embarqué à bord d'un indépendant?

—Je vous ai dit que j'étais embarqué mousse, ou pilotin si vous aimez mieux, à bord du brick *le Général-Sucre*. Voilà ce que je vous ai dit mot pour mot, et pas un fil de carret de plus.

— Sucre ou café ceci ne fait rien à la chose. Mais que font-ils à bord de ta barcasse?

— Ils prétendent qu'ils font la course pour le compte de leur gouvernement ; mais leur gouvernement on ne l'a pas encore trouvé, et il serait bien dégourdi leur gouvernement, s'il avait jamais quelque chose à gratter avec de vilains rats comme nous, sans nous vanter. Depuis trois mois que nous balandons sur mer , d'un bord et de l'autre, nous n'avons encore rapillé que deux ou trois raclées que nous nous sommes fait re-

passer sur l'échine par des navires de guerre
tant anglais que français ou américains.

— Et sous quel pavillon pouvez-vous encore
faire votre beurre de cette façon là?

— Sous tantôt l'un sous tantôt l'autre, attendu
qu'il ne paraît pas y avoir de pavillon à demeure
pour nous. Un jour c'est sous le pavillon colom-
bien, un autre jour sous le pavillon mescain
(mexicain), d'autres fois sous le pavillon *pérou-
vien*, et puis une autre fois sous une ribambelle
de pavillons que le diable n'y connaîtrait goutte.
Tout ce que j'ai pu savoir encore, c'est que nous
sommes de la nation des indépendans, et qui
dit *indépendant* dit tout et de toutes les nations.

— C'est au moins vrai, ce que tu viens de
me rapporter là. Mais est-ce qu'il n'y aurait pas
chance de s'embarquer à bord de toi, pour rien,
en qualité de passager voulant se rendre à la
Marguerite donner un coup de plomb de sonde
sur le fond de la rade, comme pour voir sensé-

ment si le mouillage est agréable et la tenue
ferme !

— Ah mon Dieu si ! Vous pouvez bien venir
si ça vous va : le capitaine prend tout ce qui se
trouve, et d'ailleurs le capitaine et puis rien,
c'est à peu près la même chose à *bord de
nous* ([5]).

« L'enfant venait de me donner une idée,
mes amis, en prononçant cette parole, sans
s'en douter. Je l'invitai sur-le-champ à nettoyer
avec moi un verre de quelque petite chose, si
bien que je finis par le remplir de liqueur forte,
comme un baril de provision. Une fois que le
failli mousse se trouva *pompette* ni plus ni moins
qu'un homme raisonnable, il se mit à *jacasser*
comme une perruche. J'appris alors de sa mauvaise petite langue, que son capitaine, pour ne
pas avoir de boucan à son bord, avait été poussé
à proscrire la boisson et à condamner son monde
à ne boire que de l'eau à la mer. Bon, que je
me dis sur le moment : il boira bientôt autre

chose que de l'eau cet équipage là , et du plus dur encore en fait de boisson... Là nuit commencée sur ce bord là se passa entre Palanquin et moi en quelques verres de schnick. Le jour étant venu sur l'entrefaite, j'allai demander honnêtement, comme de raison, au capitaine du *Géneral-Sucre* à me prendre en qualité de matelot gagnant son passage à bord de sa barque. Le capitaine s'étant insinué dans l'esprit que j'avais quelque réclamation à faire au gouvernement de la Marguerite, pour un décompte arriéré, m'accorda la nourriture et l'embarquement par dessus le bord. La soirée de mon arrivée sur le pont de l'indépendant , je commençai à cacher dans le logement de l'équipage, autant de fioles de rack qu'il me fut possible d'en passer sous le nez des officiers du brick, en allant et en revenant plus de cinquante fois du bord à terre et de terre à bord. Palanquin qui est une espèce de demi-canaille toute entière, m'aida si gentiment dans l'opération,

que je déboursai en tafia du plus fort numéro
tappant, plus de cent gourdes peut-être bien.
Mais c'est égal que je pensai, c'est la caisse des
indépendants qui paiera la dépense, et plus cher
encore qu'au marché à la laitue.

« Je me suis laissé conter autrefois, qu'à terre,
il y avait de bons enfants qui roulaient du fil
sur leur pelote, en envoyant leurs épouses faire
le quart de nuit à la porte des grands seigneurs,
et d'autres en jetant le grappin des beaux ca-
deaux à bord des ministres et des gros légumes
de même race. Moi, c'est toujours par la boisson que j'aborde la côte où je veux mouiller
l'ancre. S'il y avait aussi bien du tafia sous la
quille des navires que de l'eau qui n'est pas
bonne à boire, je voudrais chavirer tout ce
qu'il y sur la *nappe du monde* (la Mappemonde),
en moins d'un mois ou deux de croisière. Ceci
n'est qu'une manière de parler. Vous allez savoir la vérité du reste et le reste de la vérité.

« Le *Général-Sucre* se para à partir avec moi à

bord, heureusement pour moi et malheureusement pour lui. Quand le jour de hisser le grand
foc fut venu, ils criaient et chantaient tous comme
des filles de mauvaise vie, en virant au cabestan
pendant l'appareillage ; ce qui fit dire plusieurs
fois au capitaine du brick : Mais qu'ont-ils donc
à crier de cette façon nos gens ? Il faut qu'ils se
soient mis en vire-vent-drague (en ribotte) à
terre. Mais demain , il y aura de l'à jeûn à bord
ou le diable s'en mêlera , et ils auront la tête
bien suscepcestible de délicatesse , les ivrognes,
s'ils se biturent avec ce que j'aurai le plaisir de
leur offrir à boire. »

« Le lendemain susdit, les mauvais sujets composant l'équipage, se trouvèrent encore plus
paf que la soirée d'avant. Moi et Palanquin
nous leur avions fait la ration et une politesse
pendant la nuit, et une bonne ration sans trop
vouloir me flatter ni le petit mousse non plus.

— Mais où vont-ils donc se remplir comme
ça, ces cruches abominables ? répétait à tout mo-

ment, le capitaine déjà un peu mal viré contre
la multitude de ses subordonnés.

— Au bouchon gratis que j'ai gréé à l'abri de
ta connaissance, dans tout cela ! que je me disais tout bas, en attendant le coup de temps de
pouvoir parler aussi à mon tour.

— Qu'on me visite, qu'on me fouille et qu'on
me ramone à l'instant tous les coins et recoins
de la barque, commanda le capitaine à ses officiers, et que tout ce qui sera trouvé de tant soit
peu buvable à bord, excepté l'eau douce, soit envoyé sans rémission et sans égard pour la qualité ni pour la quantité , en grand par dessus le
bastingage !

« Rien que cet ordre fit le plus fameux effet
pour mon plan. Si vous aviez vu la colère de
l'équipage et mon contentement, mes chers enfans ? Les officiers descendent dans l'entrepont
et le logement des maîtres pour raffler à la visite
ce que nos gens ne veulent pas leur laisser visiter. Un feu roulant de coups de bûche s'engage

d'un côté : une fusillade de coups de poing s'engage de l'autre : c'était un plaisir rien seulement que de voir la bataille et d'entendre le
bruit de la peignée. Pendant ceci, je me dis :
Bastringue, mon chouchou, v'là l'instant de te
signaler qui arrive, pour toi, puisque ton tafia
fait déjà des siennes. Les officiers remontent sur
le pont les yeux en compote pour annoncer que
leur autorité et leurs visages ont été méconnus
et n'ont pas été respectés. Tout le bâtiment
à cette époque était comme de fait chaviré, depuis le fond de la cale en dedans, jusqu'à la
pomme de la girouette du grand mât, en dehors
et inclusivement.

« Ce fut dans une aussi belle marée que le
jeune Palanquin vint me communiquer sans
avoir l'air de rien, ce conseil : Mon cousin,
prenez le commandement de la galère : ils sont
tous pris de boisson : c'est donc à vous maintenant qu'appartient l'autorité suprême du bord.

— Tout va bien comme ça, répondis-je à Palan-

quin , et ton idée me contente assez. Mais que
faut-il conter à cette escouade de Loustouias qui
ne m'ont pas l'air parés à entendreplus la raison,
que les cochons, parlant par respect, à s'amuser
d'un air de flûte. Que veux-tu que je leur conte ?

— Chantez-leur une proclamation , à votre
idée; la première chose venue.

. — Mais c'est que la première chose venue ,
ne vient pas encore , et qu'il se trouve que je
n'ai jamais parlé en public !

— Est-ce que c'est un public qu'un tas d'i-
vrognes ? La première bêtise venue, ça sera toujours assez bon pour vous et pour eux. Filez
donc votre nœud et rondement.

« C'était un coup d'éclair que la parole de ce
petit Lucifer de mousse ! Sans penser à ce qui
allait rôtir à la cuisine pour moi, à la suite de
tout ce bataclan, v'là que je saute d'un entre-
chat sur le banc de quart et que j'empoigne à
crier en flûtant ma voix comme faisait le vrai

capitaine du *Général-Sucre* quand il voulait
parler en monsieur :

Enfans du *Général-Sucre*,

« Je proclame que vous avez actuellement à
« choisir entre le tafia que j'ai apporté à bord ,
« et le capitaine qui prétend vous mettre à l'eau
« comme de viles grenouilles. Etes-vous des
« grenouilles ou des matelots, enfans du *Général-*
« *Sucre*, et êtes-vous pour le tafia ou pour l'eau
« douce, une fois pour toutes je vous somme de
« me répondre? »

— Pour le tafia, vive le tafia, capitaine Tafia !
attrapèrent à beugler comme un tremblement
toutes les bouches de l'équipage. A l'eau! à l'eau,
l'ancien capitaine, et à nous le capitaine Tafia
et son tafia !

« Il n'est pas besoin de vous faire observer que
ce sobriquet de capitaine Tafia que ces insubordonnés venaient de m'envoyer par la mine en
me retroussant le nez , m'est resté collé sur le

physique, le temps de mon commandement à bord du brick.

« Ah ça, dis-je après le coup de révolte à l'ancien capitaine, vous voyez bien à présent il n'y a plus de doute, que la volonté de tout notre monde est que je devienne quelque chose et vous rien. Faites-moi en conséquence le plaisir de vous tirer de votre place que je m'y mette, en vous demandant pardon de la liberté. Chacun son tour, il n'y a rien de trop; vous avez eu votre temps. A vous le balai, à moi le manche. »

« Mon particulier, au lieu d'avaler tout uniment la carotte sans être gratée, ne riposta à ma politesse, qu'en me destinant un grand coup de porte-voix sur le milieu de la physionomie..... Un autre que moi l'aurait étranglé raide avec l'autorité et les quatre doigts et le pouce, que j'avais en main. Mais moi, voyez-vous, je n'ai pas plus de malice que l'enfant qui vient de naître, au vis-à-vis de ceux à qui je viens de prendre

tout ce qu'ils ont. L'équipage me criait bien au
tympan des deux oreilles : Tuez-le le brigand!
tuez-le pour lui apprendre à vous riposter une
autre fois. Moi je dis, je n'ai pas besoin qu'il me respecte pour ce que je veux faire de sa personne.
Je commandai aussitôt à mes gens d'amener à
l'eau le long du brick, un petit canot que nous
avions sur les montans de tribord. En moins
d'une minute le capitaine et quatre de ses amis
insubordonnés comme lui, furent jetés avec un
sac de biscuits et un bidon d'eau dans le canot,
puis après quoi je leur souhaitai bon voyage et
courte traversée.

— Bon voyage? me répondit encore le capitaine démonté. Tu oses me dire bon voyage,
officier de potence et capitaine de renégats! Eh
bien, moi, je te souhaite l'enfer dans le ventre et
la guillotine au bout de ta traversée de scélérat.

— Mes complimens à madame votre épouse,
que je répliquai à ses sottises, et ne m'oubliez pas
auprès de votre petite famille. Nous pouvions

I.   16

bien être dans le moment à soixante ou quatre-
vingts lieues de terre. Je vous laissai le canot de
mon ancien commandant barbotter dans les lames, et mon *Général-Sucre* se mit à torcher de
la toile pour continuer sa croisière sur mer et
sous mon empire.

« La joie dura à mon bord, tant qu'il y eut
des provisions et du liquide dans la cale; et pour
ne pas laisser à la révolte qui m'avait gradé capitaine, le temps de revenir pour me refaire matelot ou peut-être pire, je répétais à toutes les
heures de quart à mes subalternes : Buvons toujours, mes garçons; tant plus vous boirez, tant
plus vous me ferez plaisir. Quand il n'y en aura
plus, il y en aura encore.

« Mon intention pour entretenir le bon ordre
à mon bord, était d'acheter d'amitié et sans rien
payer, au premier navire que je rencontrerais,
toute la boisson dont il pourrait se priver pour
moi. La chose se fit assez souvent. C'est Palanquin qui délivrait les bons d'achats à ces navi-

res, sur la caisse des indépendans, et ce n'était
personne qui devait payer.

« Un autre que moi, en se voyant capitaine
pour la première fois à la suite d'une vraie bam-
buche, en aurait eu l'esprit tourné et retourné
à force d'orgueil. Mais moi, Dieu merci, je n'a-
vais pas assez de temps pour me remplir la tête
d'un tas de réflexions chavirantes. Mais bon Dieu
de Dieu, la drôle de boutique, quand on ne sait
pas par quel bout on commencera à commander ! La première nuit de mon entrée en grade,
je voulus, figurez-vous, fermer mes sabords,
(mes yeux) comme à l'ordinaire, et dormir
comme le faisaient auprès de moi, les ivrognes
que j'avais bondés de rack toute la journée. Mais
je t'en fiche ! impossible, mes amis, de trouver
une heure de sommeil dans vingt-quatre heures de commandement : c'était comme une horloge dans ma tête ; le bruit m'empêchait d'entendre rien, et l'aiguille ne pouvait pas s'arrêter seulement une minute. Ce que voyant je fis

ordonner au petit Palanquin de venir à côté de
moi, me conter des histoires pendant mon in-
somnie :

— Ecoute-moi, petite peste, je lui dis la première nuit : c'était un ancien mot d'amitié entre
lui et moi. J'ai besoin d'avoir des idées; mais ça
ne vient pas, et si tu en as de ton côté, il faut que
tu me les dises franchement, attendu qu'à présent je suis capitaine, et que tout ce qu'on a à
mon bord m'appartient de droit, d'après la loi.
Donne-moi donc toutes les idées qui peuvent te
venir de n'importe où, et j'aurai ensuite soin de
toi, si ça me plaît.

— Mais de quelle sorte d'idées avez-vous donc
besoin ? me demanda-t-il aussitôt.

— Des premières venues et des premières ti-
rées. Mais puisque tu en es à avoir le front de
me demander de quelle sorte d'idées j'ai affaire,
je te demanderai d'abord ce que tu ferais, si, une
supposition, tu étais à ma place, et si, une autre
supposition, j'étais à la tienne ?

« Le petit gueusard me répondit pour lors, vous allez voir. Faites attention que c'est un enfant qui s'exprime.

— Ma foi, *mon cousin*, si j'étais que de vous...

« Je l'arrêtai à ces mots, pour lui dire: Appelle-moi mon capitaine à l'avenir, et tant que ça durera. Tu n'ignores pas, sans doute, qu'où le capitaine vient le *cousin* s'en va... Mais continue comme si de rien n'était. Tu me disais donc quand je t'ai interrompu : Si j'étais que de vous, mon capitaine...

— C'est vrai, reprit Palanquin, je n'y faisais pas attention. Mais c'est que , voyez-vous bien , capitaine Bastringue, là haut actuellement ils ne vous appellent plus , eux autres , que *capitaine Tafia*, et je ne voulais pas, moi...

— C'est égal; ceci n'est pas une raison; j'aime mieux m'appeler capitaine Tafia, que capitaine pas du tout, ou que *mon cousin*. Ce nom là n'est pas matelot, et l'expression ne serait pas assez

honnête... Mais voyons donc un peu franchement ce que tu ferais à ma place?

« Le jeune patient, qui comprenait déjà la
conséquence du service, me tint alors les propos
suivans :

— A votre place, *mon capitaine*, puisque *capitaine* il y a, je me dirais : Voilà trois mois que
le corsaire se bat les flancs à la mer, sans trouver de prises à renifler : il faut changer la barre
de bord. J'ai entendu conter qu'il y avait des
navires comme nous, qui, avec un plein charge-
ment de poudre à friser et de prunes à faire
avaler, s'en allaient *bordailler* sur la côte d'Afrique, pour soulager les négriers de leur cargaison,
et pour aller ensuite vendre à la Havane ou à Por-
to-Ricco, de bons nègres qui ne leur avaient
coûté qu'à prendre (⁶). Cette nouvelle façon de
faire la traite en mer, est d'autant plus belle,
qu'on trouve sa traite toute faite à bord des
marchands d'esclaves, et que par conséquent
on n'a pas le désagrément de payer son charge-

ment trop cher, et d'être volé sur le prix de la marchandise.

« A cette parole , je coupai net par le bout la conversation du petit bonhomme, et je lui dis:

— Attends, attends un peu, Palanquin, ne va pas plus de l'avant. C'est une idée que tu viens d'avoir là. Tiens bon dessus pendant que tu la tiens, et ne va pas la laisser filer en grand... Quelle route faut-il faire d'où nous sommes pour l'instant, pour se *déhaler* sur la côte d'Afrique directement, là où ce que tu crois qu'il y a des négriers tout plein de nègres? Sais-tu ça, toi?

— Mais, capitaine, pour aller tout droit d'ici à la côte de Guinée, il me semble qu'il faut tropiquer d'abord.

— Eh bien, nous *tropiquerons* s'il le faut. Mais connaîtrais-tu toi, à bord, quelqu'un de solide pour nous faire *tropiquer*? (⁷)

— Eh dam, il y a l'ancien lieutenant qui est resté avec nous, qui ne demanderait peut-être pas mieux que de vous dire ce que vous voulez

savoir et ce que je ne sais pas. C'est un savant
d'ailleurs, puisque c'était lui qui donnait la route
à l'officier de quart, du temps de l'autre, de
l'ancien capitaine, vous savez bien. Faut-il aller
vous le chercher? oui, n'est-ce pas? bon, j'y vais...
Oh ne craignez pas de me montrer que vous
ne savez rien, capitaine. Vous avez la force pour
vous, et la force, tant que ça dure, fait passer par
dessus la bêt...

« Le petit mal-appris, en disant la moitié de
cette dernière parole, fit bien de sauter vite sur
le pont; car sans cela c'était une bonne calotte
qui allait lui arriver sur le dormant du cou, pour
lui apprendre à respecter un peu mieux la politesse... Il n'en alla pas moins me chercher
l'ancien lieutenant, dont, pour le moment, il
s'était imaginé que je pouvais avoir besoin.

« Comme de fait, l'individu était un savant. Il
avait la tête *calée* et garnie jusque par dessus
le toupet, de mathématiques et d'autres talens
de société. Je m'entendis en conséquence avec

lui, pour nous mener à la susdite côte d'Afrique, en le nommant d'abord second du navire,
pour sa peine à venir, et son esprit de l'instant.
Après quoi il m'expliqua comme, d'abord, il fallait passer le tropique, pour aller chercher en
dehors les vents variables, et puis repasser encore
le susdénommé Tropique, puis piquer par après
sur la côte de Guinée, en venant reprendre les
vents alisés : ceci s'appelle comme vous ne l'igno-
rez sans doute pas, *tropiquer et retropiquer*. Si
bien qu'en écoutant parler si joliment mon savant, je m'endormis plus tranquille dans ma
cabane, et que la barque alla ensuite comme elle
put pendant que je tapai de l'œil pour me ra-
gaillardir le tempérament. Il n'y a pas mieux
que les savans, je ne sais pas si vous le savez,
pour vous endormir un homme raide comme un
trépassé. —Ouf! mes amis ; v'là, je crois, que je
commence à ravoir soif! »

Et en effet, parvenu non sans quelques efforts
de mémoire et quelques laborieuses recherches

d'élocution, à ce point assez important de son rapport de mer, maître Bastringue sollicita de l'auditoire la permission de se rafraîchir en même temps les idées et le gosier. La séance fut donc un instant suspendue, et l'orateur, après avoir reçu, sans trop paraître en tenir compte, mes félicitations et celles de ses deux collègues, s'informa s'il ne serait pas possible de lui procurer *un petit verre de la moindre chose venue.* Salvage, qui depuis long-temps avait prévu la demande de son ami, se hasarda à lui faire pressentir le danger qu'il y aurait pour lui à boire autre chose qu'une infusion de thé. Mais Bastringue, très peu disposé à écouter la prescription hygiénique que lui rappelait le capitaine, sauta sur une carafe de rhum, qu'il avait flairée en arrivant, dans le fond d'une des armoires de l'appartement. Puis, l'improvisateur, après avoir puisé un nouveau degré d'énergie dans cette lampée de spiritueux, alluma sa pipe à la bougie qu'on venait d'apporter auprès de lui; et moitié fumant

moitié crachant, il reprit ainsi le fil tant soit peu
sinueux de la narration qu'il poursuivait déjà
depuis près d'une heure.

« Pendant quatre ou cinq bonnes et embê-
tantes semaines, je naviguai ou on navigua pour
moi, afin de mordre dans les parages les plus
usagément hantés par les négriers qui fréquen-
tent les côtes suspectes. N'ayant rien à faire de
mon corps à bord du navire, je me mis à penser
tout seul intérieurement en moi-même, et je me
dis pour mes raisons : Tout ce que t'a signalé
la sorcière de la Pointe-à-Pitré, n'en a pas moins
été jusqu'ici la pure et exacte vérité. Elle t'avait
crié à l'oreille : *A Saint-Thomas, à Saint-Thomas,
et tu t'embarqueras là pour rien et pour quelque
chose.* Et comme de juste, tu t'es embarqué là
pour rien, et même plus que pour rien, puisque
tu y as trouvé moyen d'enlever un navire à son
capitaine légitime, et de devenir capitaine toi-
même, en son lieu et place. Jusqu'à cette heure
la vieille sorcière t'a donc annoncé la véritable

vérité. Mais elle t'a dit aussi *pour rien et pour quelque chose* : Le Gratis est venu à l'appel; c'est donc le *quelque chose* qui te manque encore pour qu'elle t'ait dit vrai jusqu'au bout. Qu'est-ce que ce sera que ce quelque chose, si toutefois il n'est pas faux, que la gueunuche t'ait dit et prédit tout ce qui devait t'arriver d'exact !

« Oh que dans ce moment là, mes amis, j'aurais bien donné quelque chose de bon, pour attraper *quelque chose* de meilleur ! C'est égal, vous allez voir ce qui m'arriva, et ce qui ne pouvait faire autrement que de m'arriver juste comme de l'or.

FIN DU PREMIER VOLUME.

NOTES.

NOTES.

PAGE 4, LIGNE 3.

(¹) Les événemens qui signalèrent en l'an X
la reprise de la Guadeloupe insurgée, mirent
en présence ces deux noms célèbres, que j'ai
associés de nouveau dans la première page de
mon livre qui n'ajoutera malheureusement, ni
un fleuron de plus à leur célébrité, ni un souvenir de plus aux souvenirs honorables qu'ils ont
laissés.

Ce fut au général de division Richepanse,
que le premier consul confia pendant la petite
paix la mission de réduire cette île, la seule possession d'outre-mer qui, avec St.-Domingue,
résistât à la nouvelle organisation coloniale dé-
crétée par le gouvernement de la métropole.
Un homme de couleur, nommé Magloire Pélage,
voulant s'élever, dans son pays, au rôle que remplissait alors avec un certain éclat, Toussaint-
Louverture au cap Français, s'élança à la tête
des nègres et des mulâtres pour repousser la
constitution consulaire qui leur avait fait espérer la liberté et qui ne leur rapportait que
l'esclavage dont ils s'étaient affranchis. Le contre-amiral Lacrosse, gouverneur-général de la
colonie attaquée par les rebelles, fut obligé d'a-
bandonner le champ de bataille à l'insurrection
victorieuse, et d'aller chercher un refuge dans
l'île anglaise de la Dominique.... A la nouvelle
de cet événement, Richepanse partit de Brest
avec sa petite armée expéditionnaire, sur une

division commandée par le contre-amiral Bouvet,
et débarqua à la Guadeloupe pour soumettre et
punir les révoltés dans lesquels le premier consul
n'avait voulu voir que des coupables à châtier,
et non des hommes égarés avec qui le gouvernement pût s'abaisser à parlementer.

Le débarquement des troupes françaises
s'exécuta sous le feu mal servi des batteries de la
Basse-Terre. Un corps de noirs commandé par
Pélage tenta de s'opposer à la descente : il fut
culbuté, dispersé, et les débris de cette bande
d'insurgés inaguerris allèrent se jeter dans un
petit fort où, cernés de toutes parts, ils se firent
sauter avec la poudre qu'ils avaient tenté trop
inutilement d'employer à la défense de leur
cause et de leur patrie. La Guadeloupe se ren-
dit à discrétion, après cette vaine résistance, au
général en chef, et la soumission de Pélage fut
bientôt annoncée en France, comme un événement important et décisif pour l'avenir des Antilles. Telle fut l'élévation fugitive et la chute subite

de ce mulâtre, qui, pendant l'insurrection dont
il était devenu l'âme et le cœur, aurait pu tracer en caractères de feu et de sang, la date de son
passage éphémère au pouvoir, et qui sut arrêter les excès des siens et respecter la faiblesse
des habitans que le sort des armes avait mis en
sa puissance. Magloire Pélage, dont on aurait
déjà oublié le nom à la Guadeloupe, si ce nom
n'avait rappelé que du sang ou de l'ambition, a
laissé de lui des souvenirs remarquables que
l'histoire traditionnelle du pays s'est plue à re-
cueillir, parce que cet homme fut autre chose
qu'un insurgé ridicule et qu'un rebelle vindi-
catif.

Le général Richepanse, que tant de combats
avaient épargné en Europe et que tant de gloire
environnait déjà, mourut de la fièvre jaune à
la Basse-Terre, après avoir fait réintégrer l'ami-
ral Lacrosse, dans son ancien gouvernement, et
au moment où la colonie française attendait son
bonheur de la sagesse du guerrier, à qui elle de-

vait sa tranquillité renaissante. Richepanse avait trente-sept ans lorsqu'une mort trop soudaine vint le frapper au sein de toutes les espérances que la patrie avait encore placées en lui. Un des forts de la Basse-Terre prit le nom de *Fort-Richepanse*, en recevant avec orgueil dans son enceinte le cercueil et la dépouille périssable du jeune et illustre capitaine dont la colonie pleurait la fin prématurée, et dont notre histoire militaire avait depuis long-temps recueilli le noble souvenir.

PAGE 5, LIGNE 8.

(¹) Mamzelle *Zirou* et non pas *Giroux*, quoique ce nom tout européen de *Giroux* eût été probablement celui du père de la maîtresse du *Café de la Pointe* ; mais le *zozement* si naturel aux créoles avait fini sans doute par convertir le nom de *Giroux* trop difficile à prononcer pour eux, en celui de *Zirou*, plus doux et plus euphonique.

PAGE 11 , LIGNE 19.

(³) Un *coup de tems* signifie dans le langage technique du marin , un *coup de vent*. Mais comme un coup de vent est presque toujours pour eux un événement remarquable, ils se servent quelquefois de ce mot composé *coup de tems* pour désigner par métastase , le fait qui les frappe ou l'accident qui leur arrive dans les circonstances quelquefois les plus étrangères aux choses du métier. C'est encore une transition du nom propre au langage figuré.

PAGE 17 , LIGNE 2.

(¹) On a trop long-temps confondu entr'elles la *course* et la *piraterie*, faute d'avoir su se rendre compte de la différence qui existe entre ces deux faits très faciles à apprécier et à spécialiser. Un *Corsaire* et un *Pirate* sont encore , pour la plupart des gens du monde, deux mots identiques qui emportent avec eux la même idée. Mais c'est là une erreur que, pour l'honneur des corsaires d'abord, et des personnes un peu versées dans la connaissance des termes synonymiques, nous regrettons d'avoir à relever.

Un corsaire est un bâtiment marchand, armé par des particuliers, et qui navigue avec l'autorisation du gouvernement, pour le compte de ses armateurs, et même un peu pour celui du gouvernement, sous le même pavillon que les navires de l'État. Il ne peut par conséquent exister de corsaires qu'en temps de guerre.

Un pirate est, au contraire, un navire qui, n'étant d'aucune nation, arbore à son gré tous les pavillons pour s'emparer, contre le droit de tous les peuples, des bâtimens qu'il lui convient d'amariner. C'est surtout en temps de paix qu'il y a des pirates et que la piraterie devient le plus facile à exercer, car c'est surtout alors que l'absence des croiseurs et la confiance avec laquelle navi-

guent les bâtimens de commerce, peuvent assurer une certaine impunité et promettre de certaines chances de bonheur, aux navires auxquels
il plaît d'écumer ou de balayer la mer.

Un corsaire est, enfin, pour rendre la distinc-
tion que nous avons établie plus sensible , un
corsaire est le soldat qui fait partie d'un corps
franc , pendant la guerre. Le pirate ou le forban n'est autre chose qu'un voleur de grand
chemin, un détrousseur de passans sur la voie
publique de l'Océan.

Sous Louis XIV , ou plutôt sous le grand
Colbert, la plupart des capitaines de corsaires
qui s'étaient le plus distingués par leur audace
ou leur habileté , furent appelés à remplir des
grades élevés dans la marine royale. Duquesne,
Duguay-Trouin, et le plus célèbre quoique le
moins remarquable de tous , Jean-Bart , n'a-
vaient pas eu d'autres commencemens. Leurs ex-
ploits et leurs succès avaient ennobli leur origine
maritime ; et les lettres de marque qu'ils avaient

obtenues pour faire la course, devinrent plus tard les lettres de noblesse qui leur ouvrirent la carrière de l'avancement dans la marine militaire.

PAGE **20**, LIGNE **4**.

(⁵) *Rahucher* un navire (pour rehucher), c'est refaire ses hauts pour élever, en reconstruisant sa partie supérieure, le dessus de ses œuvres-mortes. Un bâtiment *rahuché*, c'est-à-dire *remonté* après coup, a presque toujours une mauvaise grâce, et la trace pénible du remaniement se trahit le plus souvent dans les efforts mêmes que l'on a faits pour mieux en dissimuler l'étrangeté.

Un matelot qui sort tout guindé de sa classe, sans pouvoir réussir à abandonner avec sa casaque, les manières qui décèlent trop évidemment son origine, est un *matelot rahuché*, c'est-à-dire, par ironie, un navire que l'on a cherché vainement à rendre plus vaste ou plus élégant après coup. Cette expression de *matelot rahuché*, est un des plus heureux tropes maritimes que je connaisse. Les expressions de canaille enrichie et de gueux remplumé, beaucoup plus usitées, valent bien moins.

PAGE **20**, LIGNE **20**.

(⁶)*Sang-froidement*, est un adverbe de manière qui, certes, est bien loin d'être français; mais il est matelot. Les marins, qui ne se piquent pas de parler correctement la langue dont ils se servent par habitude, se piquent de faire entrer dans le moins de mots ou de lettres qu'ils peuvent, l'idée qu'ils ont besoin d'exprimer le plus promptement possible. Au lieu de dire *avec sang-froid*, il peut leur sembler quelquefois logique de dire sang-froidement, comme ils nous entendent dire *simplement*, pour avec simplicité. Et remarquons bien que ce ne sont pas eux qui cessent d'être logiques avec les allures irré-

gulières de notre langue : c'est notre langue ca-
pricieuse, au contraire, qui a presque toujours
le tort de ne pas être assez logique pour eux. Si
par malheur l'Académie française avait à créer
des verbes, pour exprimer le plus imitativement
possible le battement d'une voile, l'action de
descendre un fardeau à la poulie, ou celle de
détacher une amarre, croyez-vous bien qu'elle
inventât des mots plus brefs, plus complets
que ceux de ralinguer, affaler, ou larguer,
pour dire une voile qui bat, un poids que l'on
descend en douceur, une amarre que l'on dé-
tache !

Une voile qui *faséie* ou qui *flavie*, une amarre
qui *rippe* en se raidissant, un cable qui se *raque*
sur le fond, un cordage que l'on *trésillonne* en
l'étreignant avec un anspect, la mer qui *mou-
tonne* à l'horizon, la lame qui déferle à bord, le
navire qu'on remorque, le corsaire qui cin-
gle en pinçant le vent, le remoux que laisse le
courant, la mer phosphorescente qui brésille,

le hunier qu'un coup de vent déralingue,
m'ont toujours paru d'excellentes onomato-
pées.

PAGE 22, LIGNE 1.

(⁷) Je ne sais en vérité pas quel rôle a pu
jouer le singe de Madras, dans l'histoire des humaines superstitions, ou dans celle de l'idolâtrie
des peuples de l'Inde. Mais ce que je sais fort bien,
c'est l'importance que la patte de ce singe fameux a acquise dans les entretiens des marins.
Jamais le bœuf Apis, et le chien Anubis, ne
jouirent, même dans la païenne Égypte, d'une
célébrité plus grande que celle qu'a obtenue
dans la tradition maritime, la patte de ce singe
de Madras, si digne d'occuper et d'exercer la
science de nos archéologues. Quant à moi, tout
ce que je suis fondé à admettre pour me faire
une idée un peu complète de l'opinion que se
sont formée les matelots sur ce fabuleux animal,

c'est qu'un singe régnait à Madras, ou y était
adoré comme un dieu, ce qui est à peu près la
même chose, et qu'un téméraire osa couper la
patte du quatrumane, auquel on voulait peut-
être lui faire rendre hommage comme à un souverain ou à une idole. Telle est l'explication si
non la plus savante, du moins la plus naturelle
que j'aie trouvée, pour rendre quelque peu in-
telligible pour moi l'allégorie peut-être cachée
sous cet emblême ; et ce qui me fait ajouter
quelque prix à cette manière de penser, c'est
l'expression dont les matelots se servent pour
rabattre l'orgueil du crâne qui les provoque, ou
du fanfaron qui ose les défier... Ah ça! disent-ils,
est-ce toi qui as coupé la patte du singe de Madras ? Certes, celui des lieutenans de Cambise qui
fit mettre comme un gigot, le bœuf Apis à la
broche, a acquis bien moins de renom popu-
laire que l'illustre inconnu qui a coupé la patte
du mystérieux singe de Madras.

Bien malheureux est le capitaine qui fait dire à l'équipage dont il a pu être jugé sur ses premiers actes : Ce n'est pas encore celui-là qui a coupé la patte du singe de Madras.

PAGE 28, LIGNE 1.

(⁸) Le militaire nomme le soldat près duquel il couche à la caserne, son camarade de lit. Le marin appelle *son matelot,* le camarade avec lequel il partage son hamac. Ce nom de mon matelot, qui a quelque chose de si confraternel et de si touchant dans son acception la plus restreinte, a été introduit avec assez de bonheur dans le langage imposant de la tactique navale. Dans une escadre, le matelot d'avant ou le matelot d'arrière d'un vaisseau, est le vaisseau qui le précède, ou celui qui le suit en ligne : c'est en un mot son ami de bataille, son compagnon de manœuvre et son camarade au feu.

Amateloter deux hommes dans le service du bord, c'est leur donner le même hamac, c'est leur affecter le même poste de repos dans la batterie ou l'entrepont; c'est le plus souvent, aussi, lier ensemble leurs deux existences, et leur imposer en quelque sorte, avec les mêmes devoirs, une amitié qui ne finit ordinairement qu'avec leur vie. Dans cette carrière de l'homme de mer, semée de tant de fatigues et de privations, hérissée de tant de vicissitudes et de dangers, s'il est entre deux hommes, un nom plus doux que celui de *mon ami*, un titre presque aussi tendre et aussi sacré que celui de *mon frère*, c'est bien certainement celui de *mon matelot*.

PAGE **29**, LIGNE 4.

(⁹) Traduction peu libre du proverbe latin : verba volant scripta manent. Les paroles sont des femelles, elles s'envolent : les écrits sont des des mâles : ils restent. Ces vieux dictons ten-

draient à prouver que les marins, chez qui il est
en un très grand honneur, ont conçu depuis
long-temps, sur la foi à accorder aux paroles du
sexe, une opinion assez peu flatteuse pour la
fidélité des engagemens féminins.

PAGE 31, LIGNE 5.

(¹⁰) Petits moutons-France, nom que les créoles donnent plaisamment aux jeunes Européens
nouvellement débarqués dans la colonie, sans
doute pour faire allusion aux premiers Français
que les indigènes virent arriver dans ces climats
brûlans, le dos couvert d'épais vêtemens de
laine.

PAGE 31, LIGNE 8.

(¹¹) Le trou-à-patates, le cimetière.

PAGE 32, LIGNE 3.

(¹²) Le petit-Bordeaux, lieu où l'on enterrait

autrefois les morts à la Pointe-à-Pître, pendant
les épidémies.

PAGE 37, LIGNE 2.

(¹³) Maître Bastringue, plus habitué à entendre parler d'avaries, qu'à employer le verbe *varietur* dans ses citations, devait être aussi plus
porté à se servir de la négation *ne avarietur* que
de la formule plus classique *ne varietur*. Les
barbarismes, au reste, ne lui coûtaient guère, et
il aurait probablement été peu difficile de le faire
reculer devant une difficulté grammaticale.

PAGE 42, LIGNE 15.

(¹⁴) Il existe dans la marine et pour les marins
seulement, une multitude de chansons égarées,
qui, depuis un temps immémorial, parcourent les
mers, sans que les noms de leurs auteurs soient
restés dans la mémoire des matelots qui les chan-
tent, et qui se les transmettent de générations en
générations. Les archéologues maritimes cherche-
raient en vain l'origine de ces rapsodies de bord.

D'où elles viennent, on ne sait. Où elles vont,
c'est ce qu'on sait le mieux : elles vogueront sans
cesse sur l'Océan dans le souvenir de tous les
équipages qui les disent et qui les redisent, sans
trop s'inquiéter de la biographie des rapsodes
auxquels ils doivent ces petits poèmes errans, vieux
enfans d'un caprice d'imagination ou des loisirs
de quelques heures de quart. Les vieux marins les
ont appris à leurs jeunes mousses. Les jeunes
mousses les répèteront en vieillissant à leur tour ,
à ceux qui devront leur succéder dans la carrière;
et si parfois une chanson nouvelle vient à poindre à l'horizon poétique qui environne les trou-
badours du gaillard d'avant, la chanson nouvelle
prendra rang sans prendre date, au milieu de
ses devancières, et elle courra les mers avec celles-ci, et comme celles-ci, sans qu'on songe jamais
à lui demander compte de son origine.

Cette origine, du reste, ne serait pas chose facile à retrouver, si l'on juge des difficultés que
pourraient présenter les recherches généalogi-

ques que l'on voudrait faire à cet égard, par
la manière dont, en général, ces vieilles chansons
paraissent avoir été conçues. Le hasard, une seule
fois dans ma vie, m'a conduit à assister comme
témoin à l'enfantement poétique d'une chanson de bord; et j'avoue que si, après l'évènement,
il m'avait fallu assigner une paternité quelconque au chef-d'œuvre nouvellement engendré
sous mes yeux, rien n'aurait été plus embar-
rassant pour moi, que de lui trouver une as-
cendance positive. Tout l'équipage d'une frégate
avait mis la main, pendant près de deux heures,
à la confection de ce travail collectif : l'un avait
d'abord hasardé un mot, l'autre un vers tout
entier, le troisième s'était compromis jusqu'à
rimer un refrain, le quatrième n'avait pas craint
d'adapter un air de sa façon au premier couplet ainsi improvisé. Tous les gens de quart
avaient ensuite répété en chœur le couplet mo-
difié revu et corrigé par une demi - douzaine
de censeurs : et après cette mise en scène du

premier couplet, la bordée de quart avait procédé à la composition du second, puis du troisième, puis du quatrième couplet, en sorte qu'a-
vant d'appeler sur le pont la bordée qui, à
quatre heures du matin, devait prendre le reste
du service de nuit, la bordée de minuit avait
pu livrer aux matelots qui venaient la remplacer,
une chanson toute fraîche éclose du cerveau des
poètes de notre harmonieuse frégate.

Les circonstances de cette composition générale, sont encore assez présentes à ma mémoire
pour que je puisse les retracer aujourd'hui avec
une exactitude que je me hasarderais presque à
nommer historique, si de pareils souvenirs pouvaient jamais paraître dignes de la gravité de
l'histoire. Mais les personnes qui ne dédaignent
pas d'étudier les mœurs jusques dans les actions
humaines en apparence les plus frivoles, ne me
sauront peut-être pas mauvais gré de leur apprendre comment se fait, ou, pour mieux dire,
comment se confectionne une chanson de bord,

Le troisième soir de notre départ de Brest,
notre équipage se trouvait livré, pour la première fois depuis notre sortie, au repos le plus
parfait que l'on puisse goûter pendant le quart
de nuit, à bord d'un bâtiment de guerre. La
mer était belle, l'air serein et la brise ronde.
Le maître d'équipage placé devant, au milieu de
ses gens qu'il regrettait de voir inoccupés, avait
engagé les conteurs ordinaires de la frégate à
conter un petit conte pour empêcher les oisifs,
qui s'étaient assis sur la drôme, de s'endormir
comme ils en avaient quelquefois l'habitude.
Les conteurs, soit qu'ils fussent peu disposés à
mettre aux ordres du maître leurs orgueilleuses
muses, ou soit plutôt que le démon de l'inspi-
ration ne fût pas encore descendu du ciel pour
eux, répondirent assez peu littérairement, qu'il
n'y avait pas mèche pour le moment, et qu'ils
avaient déjà défilé leur chapelet la nuit précé-
dente. En ce cas, s'était écrié le maître, qu'on
nous chante une petite chanson pour faire danser

le monde; ou sinon, gare dessous le premier qui
fermera les yeux pour se les tenir chauds.

— Une chanson, une chanson, avaient de
leur côté répondu les chanteurs coutumiers du
fait, c'est bien facile à dire ça, une chanson!
mais quand on a vidé son sac à chansons, et qu'on
est à sec, on ne peut pas répéter toujours la
même chose, comme ceux qui disent leur *pa-*
ter noster d'un bout de leur vie à l'autre.

— Eh bien! en ce cas, on en fait de neuves,
quand les anciennes sont trop vieilles.

— Faire d'autres chansons! et comment encore ça se fait-il selon vous, maître Mérin?

— Comment ça se fait-il de nouvelles chansons? mais tout comme on a fait les vieilles.
Vous ne savez donc pas que dans mon temps, le
premier matelot venu vous aurait retapé un couplet de romance, plus vite que je ne bois mon
quart de vin, et que vous ne pourriez faire un
tour mort et deux demi-clés.

— Et encore fallait-il savoir s'y prendre de votre temps?

— Ah pardieu, c'était bien malin, n'est-ce pas? On partait de Brest, une supposition, comme nous l'avons fait, à bord d'un vaisseau ou d'une frégate, peu importe; on savait le nom du vaisseau ou de la frégate, le nom du commandant; la mer était grosse ou belle, le temps noir ou clair. On avait laissé à terre sa maîtresse, et on avait oublié de payer son hôtesse. Eh bien, il n'en fallait pas davantage pour partir delà, et vous bassiner une chanson, et une chanson bien et solidement étalinguée, et je suis sûr, tel que vous me voyez, que dans ma jeunesse, j'ai composé pour mon compte, sans me flatter, plus de cent rondes et autant de petites gaillardises à mettre tout un équipage en révolution de gaîté.

— Et comment, sans vous faire tort, maître Mérin, auriez-vous commencé par composer la

moindre des choses , à notre place dans le moment actuel ?

— A votre place dans le moment actuel , et
dans ma jeunesse , j'aurais d'abord dit..... attendez - moi un peu... j'aurais d'abord dit... la
première chose venue.

— Oui, mais si la première chose venue ne
vient pas ?

— Eh bien ! on la fait venir d'autorité.....
Tenez, par exemple, j'aurais fait une chanson sur
l'air de n'importe qui :

Nous étions partis de Brest :

— Et après ?

— Et après , on répète tout le monde :

Nous étions partis de Brest :

— Et après , finalement ?

— Après , s'écrie en cet instant un petit no-

vice, arrivant fort à propos en aide à la poétique du maître :

> Ayant des canons pour lest
> A bord d'une frégate.

—A bord d'une frégate, ça ne peut pas ronfler
comme ça, reprit un troisième interlocuteur,
attendu que ça manque d'haleine et que l'air
est trop long pour aller justement aux paroles
qui sont trop courtes; il faut donc dire : A bord
de une frégate, pour parler un peu rondement
français en chantant.

Le petit novice ayant accepté la rectification,
continua :

> Qu'on nommait la *Cléopâtre*

— Bien! fit maître Mérin : voilà un petit
jeune homme de rien, qui nous fait la barbe à
tous et à moi aussi. Voilà ce que c'est que d'a-
voir de l'idée et la langue bien pendue à son
âge.

— Ah ce n'est pas plus malin que ça de faire
une chanson ! brailla un nouveau compositeur
en descendant de la hune de misaine pour entrer
bravement en lice. Attendez un peu, je vais
vous en repasser tant qu'il vous en faudra des
couplets à la brasse; et le poète gabier, ainsi ré-
veillé par le bruit des éloges que le maître venait
d'accorder au novice, ajouta aux vers déjà mis
sur le métier :

> Cléopâtre est un beau nom
> Ah m'a répondu ma belle !
> Mais ce n'est pas bien à elle,
> Qu'elle porte des canons.

— Indubitablement ! ... dit alors maître Mérin; indubitablement, c'est du chanvre du premier brin que celui-ci vient de nous filer : long,
souple et coriace. A-t-il donc l'haleine longue et
le souffle robuste! Maintenant il n'y a plus qu'à
essayer le premier couplet en le chantant en
rond pour voir s'il peut aller bout à bout sans
être obligé de lui faire des ajus.

Tous les hommes de quart imitèrent à l'instant même cet avis, et procédèrent à l'épreuve du couplet, en se prenant par la main et en dansant autour du cabestan, au refraiu de ce littéraire assemblage de pièces et de morceaux, rétabli dans l'état suivant :

> Nous étions partis de Brest
> Ayant du canon pour lest ,
> A bord de une frégate
> Qu'on nommait la Cléopâtre.
> Cléopâtre est un beau nom
> Ah ma répondu ma belle
> Mais ce n'est pas bien à elle ,
> Qu'elle porte du canon.

Le succès donna de l'audace même aux plus timides. Après l'heureuse épreuve que l'on venait de faire subir à la première strophe de l'ode ainsi improvisée par les versificateurs du bord, la mêlée devint générale, et il aurait été aussi difficile d'arrêter leur verve, qu'il avait été mal aisé quelques minutes auparavant d'exciter leur veine paresseuse. Tout le monde enfin donna son mot pour lâcher le second couplet, tant chacun se montrait jaloux de porter au moins sa pierre à l'édifice que l'on s'était mis en train de bâtir en commun. Un vieux quartier-maître, aiguillonné par l'exemple des conscrits de la frégate, s'écria tout d'un trait :

> Ah comment, beau matelot,
> Pourrai-je avoir du repos,

— C'est ça, père Laflamme, dit un gros gabier piqué au jeu par la pointe du quartier-maître : attrapez-moi ceci pour l'amarrer à la suite de votre commencement du second :

> Vous savant parti-z-en guerre
> Pour combattre l'Angleterre.

Le gros gabier épuisé de la route qu'il venait de faire pour la première fois peut-être dans le domaine des Muses, resta court. Mais un petit mousse, qui le suivait, se mit à glapir de sa voix

flûtée les vers suivans, en paraphrasant le refrain du couplet déjà chanté :

> Cléopâtre est un beau nom
> Et je l'aimerais bien dit-elle,
> Si pour ceinture la belle
> Ne portait pas de canons.

—Bien souqué, bien souqué, grommela maître
Mérin avec l'accent de l'approbation la moins
équivoque. Cette nuit, il paraîtrait que c'est au
plus failli chien d'avoir plus d'esprit de chanson
que les hommes faits. Jusqu'à un moussaillon qui
vient de nous envoyer par le bec la moitié d'une
bordée de fariboles, comme s'il avait des chansons
dans le ventre et le mal de mer du chant d'Opéra
dans la bouche, comme on nomme ça à terre.
C'est honteux pour nous, le diable me soulage
en grand! Mais qui est-ce qui nous fichera le
troisième morceau de complainte, en plein dans
la physionomie?

Le maître avait à peine prononcé la phrase
dans laquelle il exprimait un doute presque in-

jurieux pour le talent des Orphées, qu'un canonnier de marine se mit à roucouler avec un certain air de prétention au sentiment :

> Mes amours, ne craignez pas
> Ces gros canons de l'Etat,
> C'est la ceinture ma...

L'officier de quart, qui probablement ignorait
en se promenant à l'arrière, la noble préoccupation à laquelle s'abandonnaient ses gens du gaillard d'avant, ordonna, en sentant la brise fraî-
chir, de serrer les catacois et de rentrer les bon-
nettes de perroquet. C'est ce commandement
jeté d'une voix impérieuse et brève dans le
groupe de poètes, qui venait de couper ainsi la
queue du troisième vers improvisé par le canonnier de marine. Mais malgré cet incident anti-
mélodique, les gabiers, arrachés si subitement
à leurs littéraires loisirs, n'en sautèrent pas moins
vite dans les enfléchures pour grimper sur les
vergues des catacois, et pour ramasser les bon-

nettes qu'on leur avait ordonné de rentrer.

Cette petite besogne de quelques minutes, une fois terminée, chacun se remit avec une verve nouvelle au travail qu'elle avait un instant interrompu. Le canonnier de marine tenant à honneur de finir son couplet commencé, l'acheva presque d'un trait. Mais ce furent surtout les gabiers qui, descendant de dessus leurs vergues et leurs barres, se montrèrent pour cette fois les plus surabondamment inspirés. A la profusion avec laquelle les vers découlaient de leurs lèvres encore un peu humectées du jus du tabac, qu'ils avaient sans doute assez exprimé entre leurs maxillaires, dans leur brusque ascension, on aurait dit qu'en s'élevant jusqu'aux parties les plus hautes de la mâture, ils avaient dérobé au ciel le feu créateur dont ils s'étaient un instant rapprochés. Je veux faire tout le reste de la chanson, s'écriait l'un avec une ardeur toute pyndarique. Non, je veux que tu m'en laisses au moins la moitié, et il n'y en aura pas de trop,

répondait l'autre avec non moins de témérité et
d'exaltation. Si bien qu'en moins d'un quart-
d'heure, la pauvre complainte, que maître Mérin
avait eu tant de peine à mettre en train, se trouva
composée, rimée et achevée jusqu'au cinquième
couplet inclusivement.

Pour l'honneur des belles-lettres du gaillard-
d'avant, qui n'ont pas encore obtenu de mention
ou de prix académique, et pour la gloire surtout
des improvisateurs du bord, qui n'ont jamais
songé peut-être à donner de séances publiques,
nous rétablirons ici le texte du chef-d'œuvre à
la création duquel nous avons assisté, et dont
nous venons de retracer la mystérieuse composition à nos lecteurs.

> Nous étions partis de Brest
> Ayant des canons pour lest,
> A bord de une frégate,
> Qu'on nommait la *Cléopâtre*.
> « Cléopâtre est un beau nom,
> « Ah! m'a répondu ma belle,
> « Mais ce n'est pas bien, dit-elle,
> « Qu'elle porte des canons.

« Ah ! comment , beau matelot ,
« pourrai-je avoir du repos,
« Vous savant parti-z-en guerre
« Pour combattre l'Angleterre.
« Cléopâtre est un beau nom ,
« Et je l'aimerais dit-elle,
« Si pour ceinture ,la belle,
« Ne portait pas des canons.

Mes amours ne craignez pas
Ces gros canons de l'état ;
C'est la ceinture, ma mie,
D'une frégate jolie.
Un navire sans canons,
Au service de la France,
C'est quasi , comme à la danse,
Une belle sans jupon.

Au large étant-z-arrivé,
Un gallion s'est trouvé,
Sous le vent de la frégate,
Qu'il était chargé de piastres.
Cléopâtre et ses canons
Ont joué de la musique ,
Pour faire amener la prise
Et lui demander son nom.

A Brest étant revenu,
Et ma mie ayant revu ,
Je lui dis, voilà brunette,
La prise que j'avons faite.

Vous voyez bien qu'il est bon
Pour la frégate jolie,
D'avoir ceinture garnie,
Pour avoir des picaillons.

Ah ! je vois bien qu'il est bon,
M'a répondu, la bergère,
D'avoir du canon en guerre
Et mon cœur ne dit pas non.

PAGE 57, LIGNE 5.

(¹) Le *Bitter*, liqueur forte, composée d'alcool et du jus de plusieurs plantes amères, comme l'indique le nom de cette boisson spiritueuse qui remplace avec avantage, pour les palais blasés, l'extrait d'absynthe.

PAGE 65, LIGNE 19.

(¹) Dans les colonies, le *bord de la mer* signifie toute l'étendue du rivage. Le *bord de mer* n'est que le nom d'un quartier. Le *bord de la mer* se trouve partout dans les iles, mais le *bord de mer* n'existe que dans les villes.

PAGE 73, LIGNE 16.

(²) Cette manière métonimique de désigner les nègres, depuis que la traite est défendue, a acquis une telle notoriété, qu'il est inutile de dire que c'était de deux-cent-quatre-vingts esclaves que voulait parler le capitaine Salvage, en apprenant à son interlocuteur que son ami avait réussi à débarquer à Porto-Rico, *deux-cent-quatre-vingts billes de fin bois d'ébène, à deux pattes courantes.*

PAGE 129, LIGNE 8.

(¹) Le *temps maniable* est le temps qui permet de *manier* le navire. C'est encore le principe actif pris pour le passif, car lorsque le temps est favorable, ce n'est pas lui qu'on *manie*, mais bien lui, au contraire, qui laisse aux marins la facilité de *manier* à volonté leur bâtiment. L'ha-

I.   19

bitude de lutter contre tous les élémens, pour
parvenir à en triompher, a dû porter assez gé-
néralement les marins, à regarder comme des
choses passives, les causes naturelles et très
agissantes quelquefois, qu'ils cherchent à soumettre à la puissance de leurs efforts.

Presque toujours, au reste, le langage fait et
parlé par les marins, porte l'empreinte de cette
idée de domination avec laquelle la continuité de
la lutte qu'ils livrent aux élémens, tend de bonne
heure à les familiariser. Ils disent, par exemple,
beaucoup plus par habitude que par orgueil,
qu'ils chicanent le vent ou qu'ils font tête à la
lame, lorsque c'est le plus souvent le vent qui les
chicane en les contrariant, ou la lame qui les emporte sans qu'ils aient pu réussir à lui faire tête.
Mais tout en faisant remarquer chez eux cette
propension naturelle à l'hyperbole, on ne peut
s'empêcher de reconnaître dans ces sortes d'expressions exagérées, une certaine élévation de
langage qui doit plaire surtout à tous ceux qui

savent combien cette énergie de termes techni-
ques s'allie intimement à l'énergie des idées ordinaires aux hommes de mer.

PAGE 130, LIGNE 1.

(¹) *Patiner un navire,* est une expression fort
peu élégante, mais très significative. On la rem-
placerait difficilement par quelque chose qui la
valût. On dit d'un bon et fin manœuvrier : c'est
un homme qui *patinerait* sa frégate ou son navire dans un verre d'eau. L'hyperbole est poussée
plus loin quelquefois dans la phraséologie des
marins, mais presque toujours elle y est riche
d'énergie et de laconisme. Précision et force,
c'est le double caractère de leur idiôme : l'incor-
rection même en constitue quelquefois la richesse
et le luxe.

J'ai indiqué du reste, en caractères italiques,
les mots qui m'ont semblé appartenir beaucoup

plus au dictionnaire usuel du bord, qu'au vo-
cabulaire français.

PAGE 133, LIGNE 12.

(²) Le tigre des mers, pour désigner le requin,
est, selon moi, une belle métonimie que les
matelots ont trouvée sans avoir eu besoin, je le
parierais bien, de recourir à la science des faiseurs de fleurs de rhétorique.

Tout ce passage, et les détails qu'il renferme, sont historiques. Je les ai puisés dans le
souvenir d'une aventure de mer que m'a racontée,
il y a plusieurs années, un de mes amis qui n'est
plus, et dont je tairai le nom par égard pour sa
mémoire,

PAGE 135, LIGNE 10.

(³) On appelle quelquefois un tourlourou, un
fort et pesant navire marchand, en raison, sans

doute, de l'analogie que les marins ont trouvée entre les tourlourous, sorte de crabbes de terre, et les bâtimens mauvais voiliers qui, comme les tourlourous, paraissent marcher à reculons. On ferait un volume de tous les mots qu'emploient les matelots, pour désigner les bâtimens d'une marche inférieure. Barque, Barcasse, Baille-à-brai, Hourque, Ponton-de-Carêne, Paria, Paliaca, Barque-à-Piment, Bouéé, Coffre-à-mort, Corps-mort, Bugalet, Marie-Salope, Crabbe, sont les termes les plus ordinaires dont ils se servent pour exprimer le peu de cas qu'ils font des navires mauvais marcheurs. La marche étant aux yeux des marins la qualité la plus importante que puisse posséder un bâtiment, il n'est pas étonnant qu'ils aient trouvé beaucoup de mots pour donner l'idée du mépris que leur inspirent les navires totalement dépourvus de cette qualité essentielle. On remarquera que la plupart de ces noms sont du féminin.

(¹) Près du petit archipel des Lucayes, composé d'un groupe de cinq cents îlots, on trouve
les îles Turquey, que notre habitude de fran-
ciser tous les mots étrangers, nous a fait nommer, sans plus de façon, les îles *Turques*. L'une
de ces îles possède une grande saline, d'où elle
a tiré son nom, et qui fournit aux caboteurs des
cargaisons de sel, au moyen desquelles ils ap-
provisionnent les Antilles. Cette réunion de
rochers à peine habités, est devenue fameuse
dans l'histoire des découvertes des navigateurs
européens. Les plus célèbres parmi les commen-
tateurs des voyages de Colomb, assurent, d'a-
près les conjectures les plus admissibles, que
l'île connue sous le nom de la *Grande Saline*,
est la première terre que l'immortel découvreur
du Nouveau-Monde aperçut en pénétrant dans
les mers de l'Inde occidentale.

PAGE **217**, LIGNE 8.

(¹) Le loch est un petit appareil au moyen duquel on mesure approximativement la vitesse du navire, en le filant sur l'arrière. Le cordage qui tient au loch, et avec lequel on évalue le nombre de nœufs filés par le bâtiment, pendant la durée de cette expérience, se nomme la ligne de loch.

PAGE **218**, LIGNE 2.

(²) Un gabier, depuis long-temps familiarisé avec les détails du service, expliquait ainsi toute l'hiérarchie navale à un petit campagnard nouvellement embarqué sur un navire de guerre : Un vaisseau, vois-tu, c'est comme qui dirait une métairie. Le gouvernement, c'est le propriétaire ; le commandant le fermier ; les officiers, les maîtres-laboureurs, et nons, pauvres gueux de matelots, les paysanses... Comprends-tu, à présent?

— Pas trop encore, répondit le novice.

— Eh bien! navigue dix ans seulement, et ensuite tu pourras comprendre ce que je viens de te dire là.

PAGE 221, LIGNE 4.

(¹) Charroyer de la toile, c'est faire porter à un navire autant de voiles qu'il peut en livrer au vent, sans risquer de chavirer ou de sombrer sous l'effort de la brise.

PAGE 222, LIGNE 1.

(¹) Les premiers noirs que les négriers européens arrachèrent à la côte d'Afrique, pour les transplanter sur le sol des Antilles, apportèrent avec eux, dans le sein de leur nouvelle patrie, non le culte de leurs idoles, car ils n'avaient pas de

culte, mais cette superstition sauvage qui naît
au cœur de la barbarie, et qui, pour se perpé-
tuer, n'a besoin, ni de culte ni de croyance.
La sorcellerie, cette sorte de religion des peu-
plades africaines, recouvra toute sa puissance
dans nos colonies naissantes, où l'état d'esclavage des nègres devait contribuer encore à donner un nouveau degré d'abrutissement à leur
crédulité et à leur ignorance. Toutes les habitations eurent bientôt leurs nègres-sorciers, et
les chefs de plantations, devinant le parti qu'ils
pourraient tirer pour eux-mêmes, de la soumission que les oracles du destin rencontreraient
dans les noirs dont ils abusaient la simplicité,
ne favorisèrent que trop la pratique des exor-
cismes et des évocations les plus propres à
maintenir les ateliers dans la dépendance et l'a-
veuglement. La religion chrétienne, à laquelle
on pensait convertir en masse les nègres de
traite, en leur prodiguant le baptême sur le
rivage des paroisses où ils débarquaient, ne put

lutter que faiblement contre les idées supers-
titieuses avec lesquelles ces misérables étaient
nés, et qui leur offraient cet attrait du merveilleux
toujours si séduisant pour les peuples malheureux et sauvages; et pendant qu'aux yeux surpris
de leurs tristes ouailles, les ministres de l'évangile étalaient les pompes de l'église romaine; leurs
néophytes allaient chercher la nuit, dans les an-
tres ou les repaires de quelques vieilles négresses,
devenues leurs sybilles, la seule révélation à
laquelle ils voulussent croire. La magie, qui de
tous temps fut la ressource des faibles contre les
forts, fut aussi, chez tous les hommes, le moyen
dont se servent les forts pour assujettir les faibles. Chaque habitant, ayant à sa discrétion le
nègre sorcier dont il dirigeait les inspirations,
trouva trop commode de faire parler la fatalité
par la bouche du devin, qui recevait ses ordres,
pour renoncer, en faveur des austères intérêts
de la foi, au moyen de domination qu'il ren-
contrait dans la crédulité de ses esclaves; et

aujourd'hui même que les maîtres n'ont plus besoin de recourir indirectement aux ressources cabalistiques de la sorcellerie, pour obtenir de leurs noirs l'obéissance qu'ils peuvent invoquer au nom de la loi, il existe encore sur la plupart des habitations, des nègres médecins qui passent pour guérir les morsures de serpent avec le secours seul d'un art surnaturel. C'est ainsi, par exemple, que dans plusieurs ateliers, on trouve ou un nègre sorcier qui se flatte de guérir par des paroles, en prononçant certains mots consacrés, ou un nègre chirurgien qui guérit avec des herbes, en appliquant sur la blessure du malade, certaines plantes auxquelles il prétend communiquer une propriété curative dont il a seul deviné le secret. Ce charlatanisme, qui ne peut plus abuser que ceux qui en sont quelquefois la victime, est la dernière trace que la superstition d'un autre temps ait laissée dans les mœurs nègres de nos colonies, et la dernière concession peut-être que les maîtres d'habitation

aient pu faire à cette honteuse superstition, qu'ils
se bornent à tolérer, et qu'ils rougiraient aujourd'hui d'exploiter au profit même de leur
autorité.

Mais par combien de maux les colonies n'ont-
elles pas expié le tort d'avoir trop long-temps
favorisé le déplorable engouement de leurs esclaves, pour les pratiques de la sorcellerie! Quelle
page cruelle les anciens habitans auraient épar-
gnée à la sombre histoire de l'humanité, s'ils
avaient pu prévoir, qu'un jour, la caste des nègres-sorciers donnerait naissance à l'infernale
caste des nègres empoisonneurs, et qu'après
s'être contentée de faire des dupes pendant deux
siècles d'avilissement moral, l'antique sorcellerie
des Antilles se contenterait à peine, plus tard,
d'immoler des milliers de victimes sur les autels sanglans de la superstition!

(1) Avant que la civilisation, qui commence à

peine à poindre en France, n'eût pénétré à
bord de nos navires, les matelots de nos équipages encore trop puissamment dominés par les
idées que leur isolement tendait à entretenir,
abordaient rarement les rivages de nos colonies,
sans aller interroger les devineresses du pays,
sur l'avenir que la Providence réservait à leurs
projets ou à leurs espérances. Plus la sybille
était noire, laide ou contrefaite, et plus ses pré-
dictions devenaient irrévocables aux yeux de ses
crédules cliens; et c'était déjà trop pour eux,
qu'elle parût tenir par quelque chose d'ordinaire
à cette humanité avec laquelle elle ne devait
avoir rien de commun, pour faire croire à l'infaillibilité de ses oracles. Les prêtresses de Del-
phes ou de Delos, remplies du Dieu qui les inspi-
rait, ne demandaient leur prophétique délire
qu'au ciel dont elles étaient les redoutables or-
ganes : plus terrestres dans leurs saintes évocations, les pythonisses des Antilles se bornaient à
puiser leur extase, dans l'humble tafia, dont

les fidèles avaient soin de les abreuver, pour
faire bouillonner dans leur sein, la divinité
qui devait s'exprimer par leur bouche. C'était,
au reste, lorsque la prophétesse n'était plus à
elle, qu'elle pouvait seulement être toute entière au démon qui la possédait. Je me rappelle
encore la vulgaire ingénuité avec laquelle un
jeune matelot Bas-Breton, rendait compte à l'un
de ses camarades, de la réponse que lui avait
faite une *diseuse d'avenir*, qu'il avait eu la bon-
homie d'aller consulter à la Martinique, sur son
prochain voyage en France.

— Elle m'a prédit trois choses, dit d'abord le
jeune homme.

— Quelles trois choses ? lui demanda son
ami.

— Courte traversée, grosse mer et bonne
arrivée.

— Comment était-elle, la vieille négresse,
quand elle t'a réglé ta bonne aventure ?

— Saoule comme le tambour du diable ! c'est

moi qui lui avais payé *son plein* de liqueur,
pour qu'elle fût perdue de boisson avant de
me prononcer son jugement définitif.....

— A la bonne heure ! car c'est comme ça
qu'il faut s'y prendre, si l'on veut en avoir
un peu de vérité. Et encore !...

Aujourd'hui, le peu de superstition qui reste
aux matelots n'a plus recours, pour communiquer avec le destin, à l'intermédiaire honteux
des négresses nécromanciennes ; et lorsqu'ils
ont la protection du ciel à invoquer au milieu
de leur vie de dangers, c'est au ciel qu'ils s'a-
dressent directement pour appeler dans la fer-
veur d'un *ex-voto*, l'assistance d'une divinité
secourable, qu'une foi sincère leur a appris à
reconnaître et à adorer. Mais en cessant de rendre ces oracles, que les marins eux-mêmes solli-
taient d'elle autrefois, les sorcières nègres n'ont
pas encore renoncé à exercer sur les destinées
des Européens l'influence mystérieuse qu'elles
s'attribuent toujours le pouvoir de diriger ou

de changer à leur gré. Leur règne a pu passer
en un mot, mais l'orgueil du pouvoir leur est
resté ; et c'est là peut-être la prétention qu'il
est le plus difficile, et peut-être aussi le moins
utile de détrôner. Au Brésil, par exemple, vous
rencontrez des femmes de couleur, qui vous
disent, avec la naïveté de la plus intime conviction, qu'elles n'ont pas le secret de deviner l'a-
venir, mais qu'elles ont le don de jeter *un sort*
ou *un charme* sur les amans qu'elles veulent
s'attacher invariablement. Or, savez-vous en quoi
consiste cet art merveilleux auquel bien certainement nos beautés européennes n'ajouteront
qu'une foi très médiocre ? On cueille un brin
d'herbe dans certain jour de croissance ou de dé-
croissance de la lune, on cache ce précieux simple
érotique dans les effets ou le linge de l'objet aimé,
de manière à ce qu'il ne puisse pas être aperçu
de l'heureux ou malheureux objet qu'il s'agit de
rendre constant, et tant que la volonté de l'enchanteresse persiste, la victime fortunée de l'en-

chantement, n'a ni le pouvoir, ni même le désir
de devenir infidèle à l'auteur du sort qui lui a
été jeté. C'est enfin un moyen infaillible, que
les syrènes du Brésil ont trouvé, de couper les
ailes à un amour volage que l'Europe leur avait
fait connaître, si peu de temps après avoir dé-
couvert le Nouveau-Monde. Nos beautés, qui ont
si orgueilleusement négligé l'emploi de ces phil-
tres que leur recommandent partout si expressé-
ment Tibulle et Ovide, n'auraient certainement
pas deviné le procédé des Brésiliennes.

Dire la foi que les belles de Bahia et de Rio
ajoutent à l'efficacité de leurs tendres malé-
fices ne serait pas chose fort facile ; et si l'on
jugeait de la confiance qu'elles peuvent avoir
dans l'effet de leurs sortilèges, par la ruse
qu'elles ont employée quelquefois pour en assurer l'apparente infaillibilité, on serait assez
tenté de suspecter autant la sincérité de leur
conviction, que l'efficacité réelle du moyen dont
elles se servent pour assurer leur triomphe.

Une jeune fille de Sergippe, dont un capitaine portugais était parvenu à se faire aimer,
sans avoir recours à d'autre charme qu'à celui
de l'amabilité qu'il possédait, voulut rendre
impossible le départ de son amant, en jetant
dans sa malle une petite parcelle d'une plante
à laquelle elle attribuait la vertu singulière d'en-
chaîner à ses côtés le marin dont elle avait par-
tagé la passion. Le moment du départ venu, le
marin s'embarqua, étonné de voir la tranquillité
avec laquelle sa maîtresse le laissait s'arracher de
ses bras. Le navire largue les voiles qui vont
l'emporter au loin, et la jeune fille se contente
de répéter assise sur le rivage : il a beau faire,
il ne partira pas! Le navire, cependant, est enlevé au large par la brise de terre, et, au souffle
de cette brise fugitive, la jeune fille mêla encore
ces mots : il *croit* être parti, mais il reviendra ce
soir.»Le soir arrive et enveloppe dans ses ombres,
et la voile que la confiante amante a vue disparaître à l'horizon, et le rivage sur lequel elle

n'a pas voulu dire le dernier adieu à son amant.

Trois, quatre, cinq jours, huit jours, se passèrent; le navire qui devait revenir le soir de son départ, ne revint pas. Je rencontre la jeune fille, et je lui demande si elle croit encore au sort qu'elle a jeté dans la malle du capitaine absent. Comment, me répond-elle en me montrant un brin d'herbe desséchée, comment pourrais-je ne pas croire au sort que j'avais jeté sur lui, puisque moi-même, une minute avant son départ, je l'ai dégagé de son charme, en retirant de sa malle ce brin de sensitive que j'y avais placé?

Il faut convenir que, s'il m'avait été possible de douter de l'influence des sorts jetés par cette Médée créole, il ne pouvait plus m'être permis de révoquer en doute la bonne foi de ses explications.

PAGE 229, LIGNE 7.

(⁴ᵇⁱˢ) Le brave Général-Sucre, dont plusieurs navires américains et colombiens ont porté le nom, fut, dans la guerre de l'indépendance des anciennes colonies espagnoles, un des plus glorieux et des plus nobles compagnons d'armes de Bolivar. C'est lui qui s'associa à l'expédition entreprise par le Libérateur, pour la conquête du Pérou.

PAGE 232, LIGNE 7.

(⁵) Les matelots [disent beaucoup plus souvent à bord de nous, qu'à notre bord, à bord de lui, qu'à son bord. C'est le prénom décomposé, substitué au prénom pour donner plus de force à l'idée qu'ils veulent exprimer ; car on ne peut nier, que les mots à bord de nous, ne semblent exprimer une idée plus positive de possession ou de position , que les mots à notre bord. Là, c'est encore l'arrangement des mots qui contribue à ajouter de la force à la nature de la pensée. L'expression ba- bord à lui, ou babord à nous , employée plus souvent que celle de par son côté de babord, ou par notre côté de tribord, rentre dans la même observation.

PAGE **246**, LIGNE **17.**

(⁶) Cette manière de faire la traite, que le mousse Palanquin indiquait à son cousin Bastringue, comme un moyen fort économique et fort simple de se procurer des noirs, n'avait pas pour elle le mérite de la nouveauté. Dans plusieurs colonies étrangères, on a vu assez souvent des spécula- teurs ingénieux , armer en guerre des navires, qui au lieu d'aller, sur la côte de Guinée, échan- ger honnètement une coûteuse cargaison contre des esclaves, se contentaient d'attendre au large,

pour les piller, les négriers qui venaient d'acheter péniblement et dangereusement leur traite.
Une artillerie respectable, un fort équipage et
une cale spacieuse à remplir, suffisaient à ces
écumeurs de nègres traités, pour assurer le succès
de leur croisière dans le golfe de Guinée, ou sur
les attérages de Boni, du vieux-Calebar ou du
Cap-Coast. Les premières captures faites par ces
pirates, donnèrent l'éveil aux armateurs des vrais
négriers, qui n'osèrent plus expédier en Afrique,
que des navires assez bien armés et équipés, pour
prêter côté à l'occasion, aux détrousseurs qu'ils
étaient exposés à rencontrer cherchant fortune
sur lest et au bout de leurs canons. Et chose
que l'on croirait à peine si l'on ne savait pas
combien l'avidité du gain est propre à exciter
l'intelligence humaine, c'est que presque toujours
ces voleurs d'esclaves réussissaient à dénicher
plus adroitement les négriers qu'ils se propo-
saient de piller, que ne pouvaient le faire les
croiseurs que les différens gouvernemens expé-

diaient dans les mers intertropicales, pour la
répression de la traite.

PAGE 247, LIGNE 18.

(⁷) Les vents soufflant presque toujours de
l'Est à l'Ouest, dans les régions intertropicales,
rien n'est plus facile aux navires venant d'Europe, que de se rendre aux colonies occidentales, une fois qu'ils ont passé le tropique et quitté
les vents généraux, pour prendre en poupe les
vents alisés qui les poussent constamment dans
la direction qu'ils ont à parcourir.

Mais, par cela même que l'on a régulièrement
vent arrière dans la zône torride pour se rendre
de l'Est à l'Ouest, on aurait vent debout pour
revenir de l'Ouest à l'Est, c'est-à-dire des colonies
en Europe, si l'on s'obstinait à vouloir reprendre,
pour effectuer son retour, la route que l'on a
déjà faite pour arriver à sa destination. Il faudrait, en un mot, dans ce dernier cas, louvoyer

contre la direction de la brise que l'on a eu
toujours en poupe pour venir aux colonies. C'est
ainsi que l'on voit à peu près, dans nos rivières,
les bateaux qui sont descendus avec le courant,
être obligés de refouler ce même courant, lorsqu'ils remontent vers leur premier point de départ. Le courant des vents dans les régions tropicales n'est pas à proprement parler, autre chose
qu'un grand courant atmosphérique qu'il faut
remonter après s'être laissé aller à la douce continuité de sa pente et de son allure naturelles.

Mais, pour parvenir à vaincre, ou du moins à
éluder les difficultés que présenterait cette longue remonte contre la ligne des vents alisés,
les navigateurs ont pris, depuis long-temps, un
biais qui leur épargne une lutte qui leur deviendrait aussi longue que pénible. Les navires qui
partent des colonies pour se rendre en Europe,
au lieu de s'obstiner à louvoyer contre la direction continuelle des vents alisés, profitent de
ces vents pour repasser le tropique, en s'élevant

par le plus court chemin vers le Nord, pour trouver le plutôt possible en dehors du tropique, les vents variables dont ils profitent ensuite pour faire route de l'Occident, vers l'Orient.

Tropiquer, c'est passer le tropique pour se rendre d'Europe dans les Indes occidentales.

Retropiquer, c'est repasser le tropique pour revenir des Indes occidentales en Europe, ou tout au moins dans l'Est du monde.

Ainsi, les bâtimens qui partent des Antilles, pour regagner la côte d'Afrique, par exemple, sont forcés de courir nord, en coupant perpendiculairement le tropique pour aller chercher les vents généraux, afin de longer ensuite, avec le secours de ces vents, les régions tropicales dans lesquelles règnent les brises alisées qui leur seraient constamment contraires, s'ils s'obstinaient à vouloir remonter des Antilles à la côte d'Afrique, sans quitter la zône torride. Ce n'est que lorsqu'ils se trouvent parvenus, en na-

viguant dans la zône tempérée, à atteindre la
longitude de la côte d'Afrique, qu'ils coupent
une seconde fois le tropique pour rentrer dans
la zône torride, et approcher en côtoyant les parages orientaux, qu'ils veulent toucher. Vous
avez vu quelquefois les passans, lorsqu'une averse
est venue gonfler subitement les eaux d'une rue,
chercher l'endroit le plus guéable du ruisseau
qu'ils veulent sauter, et ensuite traverser plus
loin ce même ruisseau, pour atteindre le point
de la rue où ils n'auraient pu se rendre sans faire
de détour. Eh bien! les bâtimens qui partent
des Antilles pour aller vers l'Orient, ne font pas
autre chose. Les vents alisés, c'est l'obstacle à
éviter : le ruisseau, c'est le tropique à traverser
deux fois. Les petits exemples, pris dans l'ordre
des choses les plus vulgaires, peuvent servir quelquefois à rendre intelligibles tous les grands
problèmes, en apparence, les plus difficiles à
expliquer.

Naguère, encore dans l'enfance de la navigation, d'où nous ne faisons que de sortir, les marins d'Europe, revenant des colonies, louvoyaient pendant trois ou quatre mois contre les vents alisés, pour faire, dans ce long espace de temps, la route qu'en venant aux îles, ils avaient parcourue en quinze ou vingt jours.

Ce n'était pas là de l'obstination, c'était de l'inexpérience, quoique depuis trois siècles les Européens naviguassent dans les régions coloniales. Aujourd'hui, nous rions avec raison de cette longue ignorance qui est encore si près de nous, et au-dessus de laquelle nous nous sommes élevés en si peu d'années. Ce ne sont pas les siècles qui font l'expérience : c'est la science, c'est l'étude. En vingt bonnes années d'application mathématique, la marine a fait vers la perfection extrême, un pas plus grand que toute la distance qui séparait naguère encore les galères d'Agamemnon, des vaisseaux de ligne de Duguay-Trouin.

FIN DES NOTES DU TOME PREMIER.

TABLE DES MATIÈRES

CONTENUES

DANS LE TOME PREMIER.

—

NOUVEAUTÉS SOUS PRESSE.

LÉON GOZLAN.

LE MÉDECIN DU PECQ (suite aux Influences). 2 vol.
   in-8.   15 fr.
LES MÉANDRES; tom. III et IV. 2 vol. in-8.   15 fr.

ALPHONSE ROYER.

LE CONNÉTABLE DE BOURBON, 2 vol. in-8.   [15 fr.
LA RÉVOLTE DES JANISSAIRES, 2 vol. in-8.   15 fr.

ALPHONSE KARR.

MÉDITATIONS DE FREISHUTTS, 2 vol in-8.   15 fr.
POUR NE PAS ÊTRE TREIZE, 2 vol. in-8.   15 fr.

ÉDOUARD CORBIÈRE.

LES FOLLES BRISES, roman maritime, 2 vol. in-8. 15 fr.

JULES A. DAVID.

LE DERNIER MARQUIS, 2 vol. in-8.   15 fr.
SOUVENIRS D'UN ROULIER, 2 vol. in-8.   15 fr.
LES POÈTES PERSANS, 1 vol. in-8.   9 fr.

MICHEL MASSON.

ROMANS DE LA FAMILLE, 4 vol. in-8. ornés du portrait
   de l'auteur, dessiné d'après nature par Mme Zoé
   Goyet.

JULES SANDEAU.

LE DOCTEUR HERBAU, 2 vol. in-8.   15 fr.
MADAME DE SOMMERVILLE, 1 vol. in-8, 3° édit. 7 fr. 50 c.

CHARLES DE BERNARD.

LE NŒUD GORDIEN, 2 vol. in-8.   15 fr.

ARSÈNE HOUSSAYE.

LA BELLE AU BOIS DORMANT. 2 vol. in-8.   15 fr.

ON TROUVE CHEZ LE MÊME LIBRAIRE.

LÉON GOZLAN.

WASHINGTON LEVERT ET SOCRATE LEBLANC, 2 vol.
in-8. Prix :   15 fr.
LES MÉANDRES, tom. I et II, 2 vol. in-8.   15 fr.
LE NOTAIRE DE CHANTILLY. 2 vol in-8.   15 fr.

JULES A. DAVID.

LE CLUB DES DÉSŒUVRÉS, tom. I et II, 2 v. in-8. 15 fr.
LA BANDE NOIRE, 2 vol. in-8.   15 fr.
LA DUCHESSE DE PRESLES, 2 vol. in-8.   15 fr.
LUCIEN SPALMA, 2 vol. in-8.   15 fr.

GUSTAVE PLANCHE.

PORTRAITS LITTÉRAIRES, 2 vol. in-8.   7 fr.

ALPHONSE ROYER.

LE CONNÉTABLE DE BOURBON, 2 vol. in-8.   15 fr.

DE BALZAC.

ÉTUDES DE MŒURS AU XIXᵉ SIÈCLE, 12 volumes in-8.
  divisés en trois séries:
  Scènes de la vie de Province, 4 vol. in-8.   30 fr.
  Scènes de la vie privée, 4 vol. in-8.   30 fr.
  Scènes de la vie parisienne, 4 vol. in-8.   30 fr.
LE LYS DANS LA VALLÉE, 2 vol. in-8.   15 fr.
LE LIVRE MYSTIQUE, 2 vol. in-8.   15 fr.
SÉRAPHITA (extrait du *Livre Mystique*), 1 v. in-8. 7 f. 50 c.
LE MÉDECIN DE CAMPAGNE, 2 vol. in-8.   15 fr.
LE PÈRE GORIOT, 2 vol. in-8.   15 fr.
LES CHOUANS EN 1799, 2 vol. in-8.   15 fr.
NOUVEAUX CONTES PHILOSOPHIQUES, in-8.   7 fr. 50 c.
LES CENT CONTES DROLATIQUES, tom. I, II et III. 22 fr.
LA PHYSIOLOGIE DU MARIAGE, 2 vol. in-8.   15 fr.

PARIS. — IMPRIMERIE DE P. BAUDOUIN,
rue Mignon, 2.

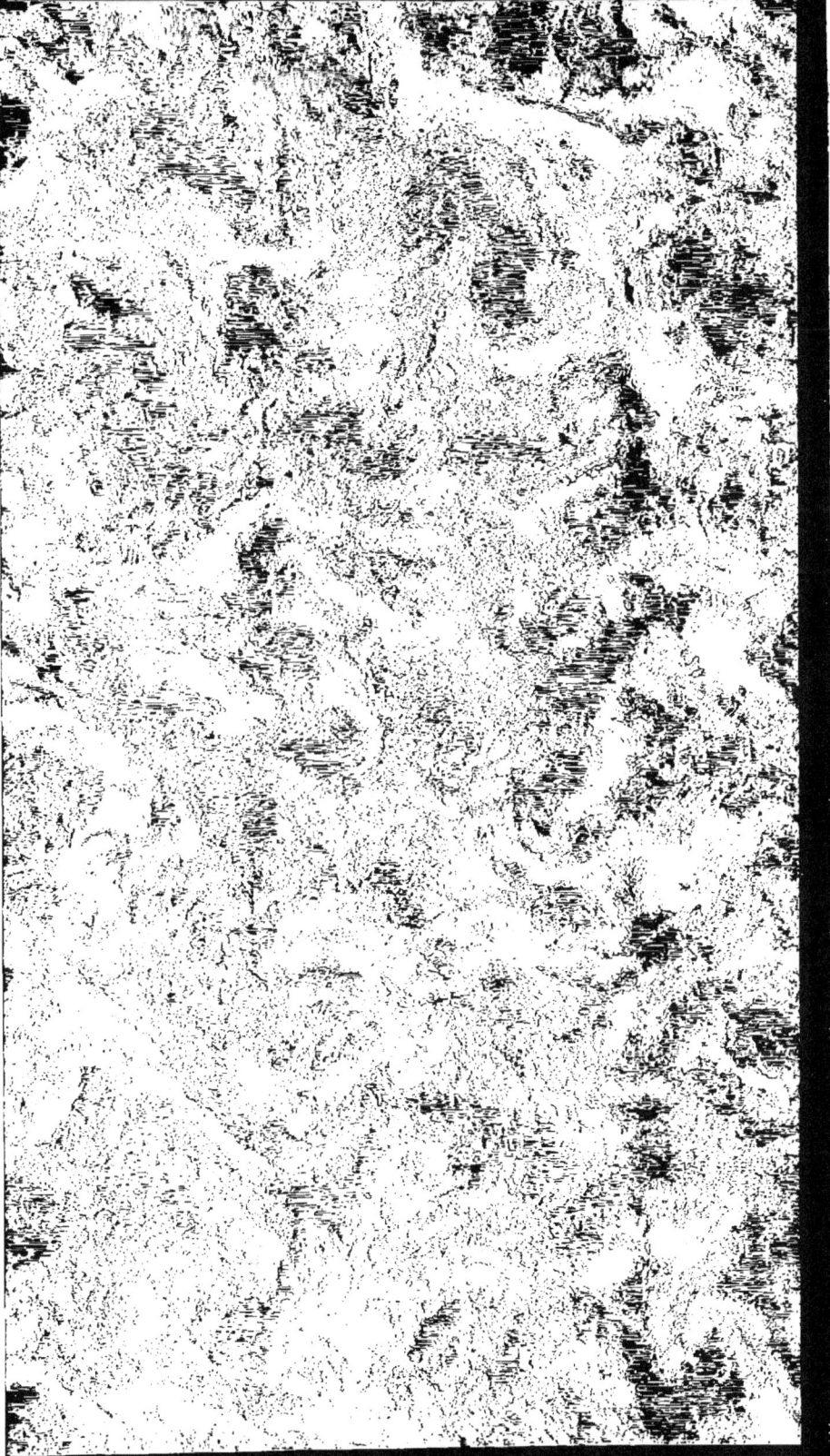